KB127751

생의 절반

생의 절반

ISBN 979-11-93240-32-8 (04800)
ISBN 979-11-960149-5-7 (세트)

초판 1쇄 발행 2024년 4월 2일

지은이 프리드리히 횔덜린
옮긴이 박술
편집 남수빈
디자인 김마리
조판 남수빈
제작 영신사

© 박술·인다, 2024

펴낸곳 인다
등록 제2017-000046호. 2015년 3월 11일
주소 (04035) 서울시 마포구 양화로11길 68 다솜빌딩 2층
전화 02-6494-2001 **팩스** 0303-3442-0305
홈페이지 itta.co.kr **이메일** itta@itta.co.kr

생의 절반

프리드리히 횔덜린 지음
박술 옮김

읻다

이 책은 독일 번역가협회Deutscher Übersetzerfonds의 2020년 프로젝트 지원금 Radial-Stipendium으로 번역되었습니다.

일러두기
- 이 책은 Friedrich Hölderlin, *Sämtliche Werke*, Bd. 2 (Verlag W. Kohlhammer, 1951)와 *Sämtliche Werke: Frankfurter Ausgabe*, Bd. 6 (Verlag Roter Stern, 1995)에 수록된 작품을 옮긴이가 선별하여 엮은 것이다.
- 주는 모두 옮긴이의 것이다.
- 원문의 정서법은 저본을 따랐다.

1부

완결작

An die Parzen

Nur Einen Sommer gönnt, ihr Gewaltigen!

Und einen Herbst zu reifem Gesange mir,

Daß williger mein Herz, vom süßen

Spiele gesättiget, dann mir sterbe.

Die Seele, der im Leben ihr göttlich Recht

Nicht ward, sie ruht auch drunten im Orkus nicht;

Doch ist mir einst das Heil'ge, das am

Herzen mir liegt, das Gedicht gelungen,

Willkommen dann, o Stille der Schattenwelt!

Zufrieden bin ich, wenn auch mein Saitenspiel

Mich nicht hinab geleitet; Einmal

Lebt ich, wie Götter, und mehr bedarfs nicht.

운명 신들에게

단 한 번의 여름만 내려주길, 그대 강대한 자들이여!
그리고 한 번의 가을로 내 노래가 여물기를 허한다면,
내 심장은 기꺼이, 감미로운 연주에
만족한 채로, 이제 죽고자 하니.

영혼이란, 신이 내린 정의를 삶 속에서
얻지 못하면, 하계에서도 편치 못하는 법.
그러나 내게 성스러운 것, 바로
내 심장에 걸린 것, 시가 지어진다면,

그때는 얼마든지 오라, 오 그림자 세계의 정적이여!
나는 만족하노라, 비록 내 현금弦琴의 울림을
지하로 가는 길에 벗 삼을 수 없어도. 단 한 번
나 신들처럼 살았으니, 그 이상은 필요치 않노라.

Brod und Wein

An Heinze

1

Rings um ruhet die Stadt; still wird die erleuchtete Gasse,

Und, mit Fakeln geschmükt, rauschen die Wagen hinweg.

Satt gehn heim von Freuden des Tags zu ruhen die Menschen,

Und Gewinn und Verlust wäget ein sinniges Haupt

Wohlzufrieden zu Haus; leer steht von Trauben und Blumen,

Und von Werken der Hand ruht der geschäfftige Markt.

Aber das Saitenspiel tönt fern aus Gärten; vieleicht, daß

Dort ein Liebendes spielt oder ein einsamer Mann

Ferner Freunde gedenkt und der Jugendzeit; und die Brunnen

Immerquillend und frisch rauschen an duftendem Beet.

Still in dämmriger Luft ertönen geläutete Gloken,

Und der Stunden gedenk rufet ein Wächter die Zahl.

Jezt auch kommet ein Wehn und regt die Gipfel des Hains auf,

Sieh! und das Schattenbild unserer Erde, der Mond

Kommet geheim nun auch; die Schwärmerische, die Nacht kommt,

Voll mit Sternen und wohl wenig bekümmert um uns,

Glänzt die Erstaunende dort, die Fremdlingin unter den Menschen

빵과 포도주

하인체에게

1

사방이 사그라든 도시다. 불 밝힌 거리는 고요해지고,
지금, 횃불로 꾸민 수레들이 저 멀리 달려가는 소리.
사람들은 하루의 기쁨에 배불러 쉼터로 돌아간다.
무얼 얻고 잃었는지 재어보며, 생각에 젖은 머리를
집에서 만족스럽게 끄덕인다. 포도와 꽃도 없어지고,
바쁘던 장터의 손놀림도 이제는 가만히 쉼에 들었다.
문득 저 먼 정원에서 현금弦琴 하나 울릴 뿐. 어쩌면
사랑하는 마음 하나 노니는지, 아니면 외로운 남자가
지척의 벗들과 어린 시절을 떠올리는지. 우물에선
멎지 않는 맑은 물이 솟아 향기로운 밭을 흐른다.
누군가 울린 종소리가 어두워진 공기 속으로 퍼질 때,
마침 야경꾼은 숫자를 외쳐 시간을 알린다.
지금, 한 줄기 바람이 숲을 쓸며 우듬지들을 돋보이니,
보라! 이제 우리 대지의 그림자, 바로 달이
비밀스레 다가오고 있다, 열광하는 여인, 밤이 오니,
별들로 가득한 그녀는 우리를 개의치 않는 듯
온통 경이로 빛나고, 인간들 가운데 낯선 이 되어,

13

Über Gebirgeshöhn traurig und prächtig herauf.

2

Wunderbar ist die Gunst der Hocherhabnen und niemand

Weiß von wannen und was einem geschiehet von ihr.

So bewegt sie die Welt und die hoffende Seele der Menschen,

Selbst kein Weiser versteht, was sie bereitet, denn so

Will es der oberste Gott, der sehr dich liebet, und darum

Ist noch lieber, wie sie, dir der besonnene Tag.

Aber zuweilen liebt auch klares Auge den Schatten

Und versuchet zu Lust, eh' es die Noth ist, den Schlaf,

Oder es blikt auch gern ein treuer Mann in die Nacht hin,

Ja, es ziemet sich ihr Kränze zu weihn und Gesang,

Weil den Irrenden sie geheiliget ist und den Todten,

Selber aber besteht, ewig, in freiestem Geist.

Aber sie muß uns auch, daß in der zaudernden Weile,

Daß im Finstern für uns einiges Haltbare sei,

Uns die Vergessenheit und das Heiligtrunkene gönnen,

Gönnen das strömende Wort, das, wie die Liebenden, sei,

Schlummerlos und vollern Pokal und kühneres Leben,

Heilig Gedächtniß auch, wachend zu bleiben bei Nacht.

산정 너머로 슬프고, 찬란하게 떠오른다.

2

지고한 그녀의 은총은 기적과도 같으니, 그 누구도
그녀에게 언제, 무엇을 받을지 알 도리가 없구나.
이처럼 세계를, 사람의 바람과 넋을 움직이는 탓에
현자라도 그녀 이루는 바를 헤아릴 수 없으니, 이는
그대를 너무나도 사랑하는 최고신이 원하시는 바이니,
이로 인해 그대는 해맑은 낮을 밤처럼 더욱 아끼는 것이다.
그러나 말간 눈빛도 때로는 그늘을 사랑하며
욕망을 좇아, 잠이 필요 없는 때에도 잠들고자 애쓰니
충직한 사내가 즐거이 밤 속을 응시함도 이와 같다,
그렇다, 우리 그녀에게 화관과 노래를 바쳐야 옳으리라,
유랑자들, 그리고 사자死者들이 성스럽게 여기는 그녀이지만,
홀로 영원히, 가장 자유로운 정신 안에서 거하는구나.
그러나 그녀는 우리가 두려움에 떠는 시간
어둠 속에서도 붙잡을 것을 가질 수 있도록,
망각과 신성한 도취를 허락하리니
또한 흘러 넘치는 말을, 마치 연인들과 같이
잠을 모르는 말을, 가득 채워진 잔을, 대담한 삶을,
성스러운 기억을 허락하리니, 한밤에도 깨어 있을 수 있도록.

Auch verbergen umsonst das Herz im Busen, umsonst nur

Halten den Muth noch wir, Meister und Knaben, denn wer

Möcht' es hindern und wer möcht' uns die Freude verbieten?

Göttliches Feuer auch treibet, bei Tag und bei Nacht,

Aufzubrechen. So komm! daß wir das Offene schauen,

Daß ein Eigenes wir suchen, so weit es auch ist.

Fest bleibt Eins; es sei um Mittag oder es gehe

Bis in die Mitternacht, immer bestehet ein Maas,

Allen gemein, doch jeglichem auch ist eignes beschieden,

Dahin gehet und kommt jeder, wohin er es kann.

Drum! und spotten des Spotts mag gern frohlokkender Wahn-

    sinn,

Wenn er in heiliger Nacht plözlich die Sänger ergreift.

Drum an den Isthmos komm! dorthin, wo das offene Meer

    rauscht

Am Parnaß und der Schnee delphische Felsen umglänzt,

Dort ins Land des Olymps, dort auf die Höhe Cithärons,

Unter die Fichten dort, unter die Trauben, von wo

Thebe drunten und Ismenos rauscht im Lande des Kadmos,

Dorther kommt und zurük deutet der kommende Gott.

3

우리 또다시 마음을 헛되이 가슴에 숨기네, 그저 헛되이

아직 혼을 다잡고 있네, 스승 제자 할 것 없이, 하지만 누가

이를 막고 있는가, 누가 우리에게 기쁨을 금했던가?

신들린 불길을 키우라, 낮과 밤을 가리지 말고,

열어젖히라. 오라! 우리 함께 열린 곳을 처다보고,

그 넓고 넓은 곳에서 하나의 경계를 세우도록.

일자一者는 확고하다. 대낮에도, 아니면

심지어 늦은 밤이 되더라도, 뭇 존재에는 항상

단 하나의 질서만이 거한다. 그럼에도 각자 경계가 있으니

우리 모두, 힘닿는 만큼 그 사이를 오가는 것이다.[1]

그러하니! 성스러운 밤 가인歌人을 사로잡는 광기,

기뻐 날뛰는 광기는 조롱 그 자체를 조롱하는 법.

그러니 이스트메노스[2]로 오라! 열린 바다가 울리는 곳,

파르나소스산[3]이 있고 델포이[4]의 암벽이 눈에 둘러싸여 빛
    나는 곳으로,

올림포스의 땅으로 오라, 그곳 키타이론[5]의 산정으로,

전나무 아래 그곳으로, 포도 넝쿨 아래로, 그 아래

테베[6]가 거하는 곳으로, 이스메노스강[7]이 카드모스[8]의 땅
    에서 흐르는 곳으로,

거기서 왔으며 또 그리로 돌아가라 이끄는, 장차 도래할
    신[9]이 있노라.

17

Seeliges Griechenland! du Haus der Himmlischen alle,

Also ist wahr, was einst wir in der Jugend gehört?

Festlicher Saal! der Boden ist Meer! und Tische die Berge,

Wahrlich zu einzigem Brauche vor Alters gebaut!

Aber die Thronen, wo? die Tempel, und wo die Gefäße,

Wo mit Nectar gefüllt, Göttern zu Lust der Gesang?

Wo, wo leuchten sie denn, die fernhintreffenden Sprüche?

Delphi schlummert und wo tönet das große Geschik?

Wo ist das schnelle? wo brichts, allgegenwärtigen Glüks voll

Donnernd aus heiterer Luft über die Augen herein?

Vater Aether! so riefs und flog von Zunge zu Zunge

Tausendfach, es ertrug keiner das Leben allein;

Ausgetheilet erfreut solch Gut und getauschet, mit Fremden,

Wirds ein Jubel, es wächst schlafend des Wortes Gewalt

Vater! heiter! und hallt, so weit es gehet, das uralt

Zeichen, von Eltern geerbt, treffend und schaffend hinab.

Denn so kehren die Himmlischen ein, tiefschütternd gelangt so

Aus den Schatten herab unter die Menschen ihr Tag.

Unempfunden kommen sie erst, es streben entgegen

4

지복한 그리스여! 너 뭇 천신들의 집이여,

우리 어린 시절에 들은 이야기가 진실이란 말인가?

축연의 장이여! 바닥은 바다, 탁자는 산맥이구나!

진실로 단 하나의 의례를 위해 옛적에 지어진 것이니!

그러나 왕좌들은 어디에 있는가? 신전들은, 넥타르[10]로 채워진

술통들은 어디에, 신들의 욕락을 위한 노래는 어디에 있는가?

어디, 어디에서 빛나는가, 멀리까지 날아가 적중하는 신탁[11]

    들은?

델포이가 잠들어 있으니, 거대한 운명은 어디에서 울리는가?

번개 같은 운명은 어디에 있는가? 온 사방 지복으로 가득

    찬 그것은

어디에서부터, 맑은 공기를 뚫고서 눈앞에 나타나는가?

아버지 에테르[12]시여! 운명은 그렇게 부르짖으며 혀에서 혀로

수천 갈래로 비행했으니, 삶은 그 누구도 홀로 감당할 수 없

    는 것.

그처럼 값진 것을 서로 나누면 기쁘고, 낯선 이들과 맞바꾸면

하나의 환성이 되고, 말의 권력은 잠든 사이에 자라나니,

아버지시여! 밝으신 이여! 저 멀리 울려 퍼지니, 태초의 징표,

선조에게 물려받은 그것은 적중시키고, 창조하며 아래로 뻗

    어나가는구나.

이렇듯 천신들은 자리를 찾아 머물고, 이렇듯 깊은 전율을

Ihnen die Kinder, zu hell kommet, zu blendend das Glük,

Und es scheut sie der Mensch, kaum weiß zu sagen ein Halb-
gott,

Wer mit Nahmen sie sind, die mit den Gaaben ihm nahn.

Aber der Muth von ihnen ist groß, es füllen das Herz ihm

Ihre Freuden und kaum weiß er zu brauchen das Gut,

Schafft, verschwendet und fast ward ihm Unheiliges heilig,

Das er mit seegnender Hand thörig und gütig berührt.

Möglichst dulden die Himmlischen diß; dann aber in Wahrheit

Kommen sie selbst und gewohnt werden die Menschen des
Glüks

Und des Tags und zu schaun die Offenbaren, das Antliz

Derer, welche, schon längst Eines und Alles genannt,

Tief die verschwiegene Brust mit freier Genüge gefüllet,

Und zuerst und allein alles Verlangen beglükt;

So ist der Mensch; wenn da ist das Gut, und es sorget mit Gaa-
ben

Selber ein Gott für ihn, kennet und sieht er es nicht.

Tragen muß er, zuvor; nun aber nennt er sein Liebstes,

Nun, nun müssen dafür Worte, wie Blumen, entstehn.

전하며

대낮은 그림자로부터 나타나 지상의 인간들에게 내려앉는다.

5

처음에 신들은 느낌 없이 찾아오니, 어린아이처럼 우리

그들에게 몰려간다, 허나 너무 환한 빛, 너무 눈부신 지복에

인간은 신들을 피하니, 설령 반신半神일지라도 알지 못한다,

은총을 거느리고 오는 그들이 어느 이름을 가진 누구인지.

신들이 불어넣은 혼은 크기에, 인간의 마음은 이제

그들의 기쁨으로 차오르나, 이 재화를 쓰는 법을 알지 못한다.

빚어내고 낭비하면서, 불경한 것마저 거의 성스러워질 때

　까지,

그의 어리숙하고 선한 손은 이를 축복하며 어루만진다.

천신들은 되도록 이를 인내한다. 하지만 언젠가는

그들이 몸소 강림할 터, 그리하여 인간들은 지복과

대낮의 빛에 익숙해지고, 열린 공간을, 얼굴을 마주 볼 수 있다.

태고에 이미 하나이자 전부[13]라 불리던 자들의 얼굴을,

침묵에 잠긴 가슴을 자유로운 충족으로 깊게 채우고,

마음의 바람을 제일 먼저, 또 홀로 전부 이루어주네.

인간이란 이러하다. 재화가 주어지고, 어느 신이

몸소 은총을 내리더라도, 그는 보지도 알지도 못한다.

직접 짊어져야만 하는 것. 이제 그는 가장 사랑하는 것을 부

Und nun denkt er zu ehren in Ernst die seeligen Götter,

Wirklich und wahrhaft muß alles verkünden ihr Lob.

Nichts darf schauen das Licht, was nicht den Hohen gefället,

Vor den Aether gebührt müßigversuchendes nicht.

Drum in der Gegenwart der Himmlischen würdig zu stehen,

Richten in herrlichen Ordnungen Völker sich auf

Untereinander und baun die schönen Tempel und Städte

Vest und edel, sie gehn über Gestaden empor —

Aber wo sind sie? wo blühn die Bekannten, die Kronen des Fe-

stes?

Thebe welkt und Athen; rauschen die Waffen nicht mehr

In Olympia, nicht die goldnen Wagen des Kampfspiels,

Und bekränzen sich denn nimmer die Schiffe Korinths?

Warum schweigen auch sie, die alten heilgen Theater?

Warum freuet sich denn nicht der geweihete Tanz?

Warum zeichnet, wie sonst, die Stirne des Mannes ein Gott

nicht,

Drükt den Stempel, wie sonst, nicht dem Getroffenen auf?

Oder er kam auch selbst und nahm des Menschen Gestalt an

Und vollendet' und schloß tröstend das himmlische Fest.

르려니,

이제 마침내 그를 위한 말들이 꽃처럼 피어나야 한다.

6

이제 그는 지복한 신들을 기리고자 굳게 생각하니,

모든 것은 진정으로, 진실로 찬미를 선포해야 한다.

드높은 자들의 마음에 들지 않는 것은 빛을 보아선 안 된다,

한가하게 지어본 것으로는 에테르 앞에 설 수 없다.

그러니 천신들이 현존하는 곳에 당당히 서기 위하여,

여러 민족이 장려한 대열을 지으며 몸을 일으키고

서로의 안에서 아름다운 신전과 도시를 지으니

강대하고 귀하다, 이제 물가에서 날아오르는구나 —

하지만 지금은 어디 있는가? 이름 있는 자들, 축연의 왕관
    들은 어디에 꽃피는가?

테바이도 시들고 아테네 또한 지는구나. 올림포스의 무기
    들도 더는

부딪치지 않으며, 경연의 황금 수레 소리도 더는 없고,

코린토스[14]의 배에도 영영 화관이 걸리지 않으려는가?

어찌하여 유구하며 성스러운 극장에는 침묵만이 가득한가?

어찌하여 신성한 춤에는 기쁨이 깃들지 않는가?

어찌하여 사내의 이마에는 예전처럼 표식이 없는가, 신은
    어째서,

Aber Freund! wir kommen zu spät. Zwar leben die Götter,

Aber über dem Haupt droben in anderer Welt.

Endlos wirken sie da und scheinens wenig zu achten,

Ob wir leben, so sehr schonen die Himmlischen uns.

Denn nicht immer vermag ein schwaches Gefäß sie zu fassen,

Nur zu Zeiten erträgt göttliche Fülle der Mensch.

Traum von ihnen ist drauf das Leben. Aber das Irrsaal

Hilft, wie Schlummer und stark machet die Noth und die
  Nacht,

Biß daß Helden genug in der ehernen Wiege gewachsen,

Herzen an Kraft, wie sonst, ähnlich den Himmlischen sind.

Donnernd kommen sie drauf. Indessen dünket mir öfters

Besser zu schlafen, wie so ohne Genossen zu seyn,

So zu harren und was zu thun indeß und zu sagen,

Weiß ich nicht und wozu Dichter in dürftiger Zeit?

Aber sie sind, sagst du, wie des Weingotts heilige Priester,

Welche von Lande zu Land zogen in heiliger Nacht.

Nemlich, als vor einiger Zeit, uns dünket sie lange,

Aufwärts stiegen sie all, welche das Leben beglükt,

운명이 선택한 자에게 예전처럼 도장을 찍어주지 않는가?
아니면 신은 몸소 강림하여 인간 형상을 입고
하늘의 축연을 완성하고 위로하며 닫아버렸던가.

                              7

그러나 친구여! 우리는 너무 늦게 왔다. 비록 신들은 살아
    있으나,
머리 위 저 멀리 다른 세상에 살고 있다.
그곳에서 끝없이 다스리는 그들이 우리에게 무심한 듯
살아 있는지조차 드러내지 않음은, 그만큼 우리를 아끼기
    때문이다.
허약한 그릇에 신들을 늘 담을 수는 없기에,
인간이 가득 찬 신들림을 견딜 수 있는 때는 드물기에.
그 이후로는 신을 꿈꾸는 일은 곧 삶이 된다. 그러나 헤매임은
잠과 같고, 도움이 되어주고, 고난과 밤은 힘을 길러준다,
영웅들이 청동 요람에서 충분히 자랄 때까지,
마음이 옛적처럼 천신들과 같은 힘을 얻을 때까지.
천둥을 울리며 그들은 올 것이다. 허나 나는 자주 생각한다,
그토록 벗이 없는 것보다는 잠드는 편이 낫다고,
이처럼 기다리는 편이 낫다고, 그동안 무엇을 짓고 또 말할지
나는 알지 못한다, 또 이렇게 가난한 시대에 시인을 어디에
    쓰려는가.

Als der Vater gewandt sein Angesicht von den Menschen,

Und das Trauern mit Recht über der Erde begann,

Als erschienen zu lezt ein stiller Genius, himmlisch

Tröstend, welcher des Tags Ende verkündet' und schwand,

Ließ zum Zeichen, daß einst er da gewesen und wieder

Käme, der himmlische Chor einige Gaaben zurük,

Derer menschlich, wie sonst, wir uns zu freuen vermöchten,

Denn zur Freude, mit Geist, wurde das Größre zu groß

Unter den Menschen und noch, noch fehlen die Starken zu

   höchsten

Freuden, aber es lebt stille noch einiger Dank.

Brod ist der Erde Frucht, doch ists vom Lichte geseegnet,

Und vom donnernden Gott kommet die Freude des Weins.

Darum denken wir auch dabei der Himmlischen, die sonst

Da gewesen und die kehren in richtiger Zeit,

Darum singen sie auch mit Ernst die Sänger den Weingott

Und nicht eitel erdacht tönet dem Alten das Lob.

9

Ja! sie sagen mit Recht, er söhne den Tag mit der Nacht aus,

Führe des Himmels Gestirn ewig hinunter, hinauf,

Allzeit froh, wie das Laub der immergrünenden Fichte,

허나 너는 말하길, 시인이란 주신酒神의 성스러운 신관처럼
성스러운 밤 이 땅에서 저 땅으로 떠도는 이들이라고.

8

우리에겐 오래전처럼 느껴지는, 멀지 않은 과거에
삶을 지복하게 만들던 그들 모두 하늘로 올라갔을 때,
아버지가 그 얼굴을 인간에게서 거두던 때,
응당한 슬픔이 대지 위로 퍼지기 시작하던 때,
고요한 천재 하나 마지막으로 나타났다가, 천상의
위로 건네며 날들의 종말을 선포하고 사라졌으니,
그가 한때 여기 있었다는 징표로, 다시 오리라는
징표로, 천상의 가무단은 몇 가지 선물을 두고 간 것,
우리는 이를 두고 옛적처럼 환희할 힘이 있을런가,
정신과 함께 환희하기에는 이제 인간들에게
더 큰 것은 너무나 크고, 또 아직, 아직은 최고의 환희를 느
  낄 만큼
강한 자들 없지만, 아직 조금의 감사가 고요히 남아 있다.
빵은 대지의 열매나 빛의 은총을 받았고,
포도주의 기쁨은 천둥을 울리는 신에게서 온다.
그렇기에 먹고 마실 때 천신들을 기념하니, 옛적에
있었고 적시에 되돌아올 그들이다.
그렇기에 이 가인들은 성심으로 주신酒神을 부르며

Das er liebt, und der Kranz, den er von Epheu gewählt,

Weil er bleibet und selbst die Spur der entflohenen Götter

Götterlosen hinab unter das Finstere bringt.

Was der Alten Gesang von Kindern Gottes geweissagt,

Siehe! wir sind es, wir; Frucht von Hesperien ists!

Wunderbar und genau ists als an Menschen erfüllet,

Glaube, wer es geprüft! aber so vieles geschieht,

Keines wirket, denn wir sind herzlos, Schatten, bis unser

Vater Aether erkannt jeden und allen gehört.

Aber indessen kommt als Fakelschwinger des Höchsten

Sohn, der Syrier, unter die Schatten herab.

Seelige Weise sehns; ein Lächeln aus der gefangnen

Seele leuchtet, dem Licht thauet ihr Auge noch auf.

Sanfter träumet und schläft in Armen der Erde der Titan,

Selbst der neidische, selbst Cerberus trinket und schläft.

옛 신에게 올리는 찬미는 헛된 꾸밈 없이 울려 퍼진다.

9

그렇다! 사람들이 옳게 말하는바, 그는 낮과 밤을 화해시킨다,
천구의 별들이 영원토록 떠오르고 저물도록 하며
그의 지치지 않는 기쁨은 그가 사랑하는 상록의
전나무 이파리와 같고, 그가 넝쿨을 골라 엮은 화관과 같으니
그는 머무는 자이기에, 탈주한 신들의 흔적을 몸소
저 아래 어두운 곳, 신 없는 자들에게 가져다주기 때문이다.
옛 사람들의 노래가 신의 아이들에 대해 예언하는바,
보라! 우리, 바로 우리가 그 아이들이니, 이는 헤스페리온[15]
    의 열매로다!
예언은 인간들에게서 더 정확하게, 더 놀랍게 맞아떨어졌
    으니,
증험해 본 자 믿으라! 그러나 너무 많은 일이 일어나는 가운데
현실이 되는 것은 없으니, 우리는 마음 없는 그림자일 뿐, 우리
아버지 에테르께서 하나하나 모두를 알아보고 목소리를 들
    어주기 전까지는.
그러나 이제 햇불을 휘두르는 자, 최고신의
아들, 시리아인[16]이 그림자들 사이로 내려온다.
지복한 현자들은 본다, 묶여 있던 영혼에서
미소가 빛나고, 그 빛으로 그들의 눈이 마저 열린다.

대지의 품 안에서 티탄은 더욱 부드럽게 꿈꾸고 잠자니,

질투 많은 자 케르베로스[17]조차 취하여 잠든다.

Der Wanderer

Einsam stand ich und sah in die Afrikanischen dürren

Ebnen hinaus; vom Olymp reegnete Feuer herab,

Reißendes! milder kaum, wie damals, da das Gebirg hier

Spaltend mit Stralen der Gott Höhen und Tiefen gebaut.

Aber auf denen springt kein frischaufgrünender Wald nicht

In die tönende Luft üppig und herrüch empor.

Unbekränzt ist die Stirne des Bergs und beredtsame Bäche

Kennet er kaum, es erreicht selten die Quelle das Thal.

Keiner Heerde vergeht am plätschernden Brunnen der Mittag,

Freundüch aus Bäumen hervor blikte kein gastliches Dach.

Unter dem Strauche saß ein ernster Vogel gesanglos,

Aber die Wanderer flohn eilend, die Störche, vorbei.

Da bat ich um Wasser dich nicht, Natur! in der Wüste,

Wasser bewahrte mir treulich das fromme Kameel.

Um der Haine Gesang, ach! um die Gärten des Vaters

Bat ich vom wandernden Vogel der Heimath gemahnt.

Aber du sprachst zu mir: auch hier sind Götter und walten,

Groß ist ihr Maas, doch es mißt gern mit der Spanne der

방랑자

외로이 나는 서 있었네, 황량한 아프리카 평야를
내다보면서. 올림포스에서 불이 내리고 있었네,
휩쓰는 듯한 불이! 옛적, 마치 신이 이곳 산맥을
번개로 부수며 높고 낮음을 짓던 때처럼.
그러나 산맥들 위에는 푸르게 자라나는 숲이 없구나,
떨리는 공중을 향해 울창하고 웅장하게 솟아나는 숲이.
산은 이마에 관을 얹지 못했고, 조잘대는 냇물도
얼마 갖지 못했으니, 샘은 골짜기에 이르기 전에 말라버리네.
찰랑이는 우물가에서 한낮을 보내는 짐승 무리도 없고,
나무들 사이에서 쉬고 가라 정겹게 청하는 지붕도 없네.
덤불 아래 진중한 새 한 마리 노래 없이 앉아 있지만,
방랑자들, 황새들은 도망치듯 그 앞을 황급히 스쳐 갔네.
나 그때 그대에게 물을 청하지 않았노라, 자연이여!
내게 충직하게 물을 내어주던 사막의 선한 낙타 있었기에.
대신 숲의 노래를, 아아! 아버지들의 녹지를 청했노라
방랑하는 고향의 새가 내게 일러준 바대로.
그대는 말했다, 여기에도 신들이 있어[18] 다스린다고,
그들의 잣대는 크나크지만, 인간은 촌각寸刻을 가지고 측량

33

Mensch.

Und es trieb die Rede mich an, noch Andres zu suchen,

Fern zum nördlichen Pol kam ich in Schiffen herauf.

Still in der Hülse von Schnee schlief da das gefesselte Leben,

Und der eiserne Schlaf harrte seit Jahren des Tags.

Denn zu lang nicht schlang um die Erde den Arm der Olymp

hier.

Wie Pygmalions Arm um die Geliebte sich schlang.

Hier bewegt' er ihr nicht mit dem Sonnenblike den Busen,

Und in Reegen und Thau sprach er nicht freundlich zu ihr;

Und mich wunderte deß und thörig sprach ich: o Mutter

Erde, verlierst du denn immer, als Wittwe, die Zeit?

Nichts zu erzeugen ist ja und nichts zu pflegen in Liebe,

Alternd im Kinde sich nicht wieder zu sehn, wie der Tod.

Aber vieleicht erwärmst du dereinst am Strale des Himmels,

Aus dem dürftigen Schlaf schmeichelt sein Othem dich auf;

Daß, wie ein Saamkorn, du die eherne Schaale zersprengest,

Los sich reißt und das Licht grüßt die entbundene Welt,

Air die gesammelte Kraft aufflammt in üppigem Frühling,

Rosen glühen und Wein sprudelt im kärglichen Nord.

›

한다고.

그 말을 듣고 나는 또 다른 것 찾아 나섰으니,

저 먼 곳 북쪽 극지까지 배를 타고 올라갔네.

그곳에는 속박된 삶이 눈 속에서 조용히 잠자고 있었고,

무쇠 같은 수면이 날을 기다리며 여러 해 얼어붙어 있었네.

올림포스 신의 팔은 이곳 대지를 오래 휘감지는 않았으니,

피그말리온[19]이 연인의 몸에 팔을 둘렀던 것과는 달랐네.

여기서 신은 태양의 눈길로 대지의 가슴을 움직인 바 없고,

비와 이슬을 보내 그녀 귓가에 다정히 속삭인 바 없네

나는 놀라 어리석게도 이렇게 물었네, 오 어머니

대지여, 이렇게 과부가 되어, 영영 시간을 잃으시렵니까?

무엇도 낳지 못하고 무엇도 사랑으로 돌보지 못함은,

늙어가며 아이 안에서 자신의 모습을 보지 못함은 죽음과

　　도 같은데.

그러나 언젠가 하늘에서 비추는 빛이 당신의 몸을 데우고,

하늘의 숨결이 가난했던 잠을 깨워줄지 모릅니다.

그리하여 마치 강철의 껍질을 뚫고 싹트는 씨앗처럼

당신이 자유의 몸이 되고 빛은 풀려난 세계를 반기어,

지금껏 모아둔 힘은 한 번에 불타올라 풍성한 봄이 되고,

이 척박한 북쪽에서도 장미가 달아오르고 포도주 넘치도록.

›

Also sagt' ich und jezt kehr' ich an den Rhein, in die Heimath,

Zärtlich, wie vormals, weh'n Lüfte der Jugend mich an;

Und das strebende Herz besänftigen mir die vertrauten

Offnen Bäume, die einst mich in den Armen gewiegt.

Und das heilige Grün, der Zeuge des seeligen, tiefen

Lebens der Welt, es erfrischt, wandelt zum Jüngling mich um.

Alt bin ich geworden indeß, mich blaichte der Eispol,

Und im Feuer des Süds fielen die Loken mir aus.

Aber wenn einer auch am lezten der sterblichen Tage,

Fernher kommend und müd bis in die Seele noch jezt

Wiedersähe diß Land, noch Einmal müßte die Wang' ihm

Blüh'n, und erloschen fast glänzte sein Auge noch auf.

Seeliges Thal des Rheins! kein Hügel ist ohne den Weinstok,

Und mit der Traube Laub Mauer und Garten bekränzt.

Und des heiligen Tranks sind voll im Strome die Schiffe,

Städt' und Inseln sie sind trunken von Weinen und Obst.

Aber lächelnd und ernst ruht droben der Alte, der Taunus,

Und mit Eichen bekränzt neiget der Freie das Haupt.

Und jezt kommt vom Walde der Hirsch, aus Wolken das Tags-
   licht,

Hoch in heiterer Luft siehet der Falke sich um.

이렇게 나는 말하고서 이제 라인강으로, 고향으로 돌아가니,
예전처럼 부드러운 유년의 바람들이 나를 반기며
갈구하는 내 마음을 누그러뜨리네, 한때 어린 나를 품어주던
친근한 나무들, 활짝 피어난 나무들이
세계 속 지복한 생명의 증인, 성스러운 신록이
나를 싱그럽게 하고, 다시 청년으로 변모시키네.
그동안 나는 늙었구나, 얼음의 극지 나를 창백케 했으니,
남쪽 불가에 이르러 내 곱슬머리도 빠져버리는구나.
하지만 누군가 필멸의 마지막 나날에
먼 여행으로 영혼 깊은 곳까지 지쳤더라도, 이제
이 땅을 다시 보게 된다면, 다시 한 번 그의 낯빛
붉게 피어나고, 거의 꺼져버렸던 두 눈은 다시 빛나리.
축복받은 라인강의 골짜기여! 포도 넝쿨 없는 구릉이 없고,
그 이파리는 온갖 성벽과 정원에 관을 씌웠네,
성스러운 음료는 물길 위 지나는 배들을 가득 채웠고,
도시도 섬들도 모두 포도주며 과실로 한껏 취했네.
그리고 저편에 진중히 미소 짓는 노인 타우누스 산맥,[20]
자유로운 자인 그는 떡갈나무로 꾸민 고개를 숙여 보이네.

이제 숲에서 숫사슴이, 구름에서 날빛이 몸을 드러내니,
높은 곳, 맑은 바람 속에서 매는 주위를 둘러보네.
그러나 저 아래 골짜기, 샘물에 의지해 꽃이 피는 곳에서,

Aber unten im Thal, wo die Blume sich nähret von Quellen,

Strekt das Dörfchen bequem über die Wiese sich aus.

Still ists hier. Fern rauscht die immer geschäfftige Mühle,

Aber das Neigen des Tags künden die Gloken mir an.

Lieblich tönt die gehämmerte Sens' und die Stimme des Land-
    manns,

Der heimkehrend dem Stier gerne die Schritte gebeut,

Lieblich der Mutter Gesang, die im Grase sizt mit dem Söhnlein;

Satt vom Sehen entschliefs; aber die Wolken sind roth,

Und am glänzenden See, wo der Hain das offene Hofthor

Übergrünt und das Licht golden die Fenster umspielt,

Dort empfängt mich das Haus und des Gartens heimliches
    Dunkel,

Wo mit den Pflanzen mich einst hebend der Vater erzog;

Wo ich frei, wie Geflügelte, spielt' auf luftigen Ästen,

Oder ins treue Blau blikte vom Gipfel des Hains.

Treu auch bist du von je, treu auch dem Flüchtlinge blieben.

Freundlich nimmst du, wie einst, Himmel der Heimath, mich auf.

Noch gedeihn die Pfirsche mir, mich wundern die Blüthen,

Fast, wie die Bäume, steht herrlich mit Rosen der Strauch.

Schwer ist worden indeß von Früchten dunkel mein Kirschbaum,

작은 마을은 들판 위로 편안하게 몸을 뉘었네.

이곳은 고요하구나. 바쁜 물레방아 소리 멀리서 들리고,

종소리는 하루가 저물어감을 내게 알려주네.

낫 두드리는 망치 소리, 집으로 가는 길에 즐거이

황소를 모는 농부의 목소리 사랑스럽게 울리고,

어린 아들을 데리고 풀밭에 앉은 어머니의 노래,

배불리 보고서 이제는 잠든 아이. 구름은 붉고,

반짝이는 호숫가, 작은 숲이 활짝 열린 대문을

푸르게 뒤덮고, 햇빛은 창문을 황금색으로 어르는 곳

그곳에서 옛 집과 정원의 정다운 어둠이 나를 맞았네,

한때 아버지가 온갖 식물 사이에서 나를 길러주신 곳에서,

높이 뻗은 가지 위에서 날짐승처럼 자유롭게 놀던 곳,

숲의 꼭대기에서 한결같은 푸르름 올려다보던 곳에서.

너는 언제나처럼, 심지어 도망친 자에게도 한결같구나,

예전처럼 친근하게 나를 받아주는 고향의 하늘이여.

아직도 내 앞에서 살구나무 피어나니, 나는 꽃들이 놀랍다,

나무들만큼 훌륭하게 덤불도 장미를 내놓았구나.

나의 벚나무는 그사이 열매를 무겁게 매달고서 어두워졌
  으니,

가지들은 열매를 향해 뻗는 손에 스스로 안기네.

숲도 이전처럼 열린 회랑으로 내 마음을 끌어당기네,

Und der pflükenden Hand reichen die Zweige sich selbst.

Auch zum Walde zieht mich, wie sonst, in die freiere Laube

Aus dem Garten der Pfad oder hinab an den Bach,

Wo ich lag, und den Muth erfreut' am Ruhme der Männer

Ahnender Schiffer; und das konnten die Sagen von euch,

Daß in die Meer' ich fort, in die Wüsten mußt', ihr Gewalt'gen!

Ach! indeß mich umsonst Vater und Mutter gesucht.

Aber wo sind sie? du schweigst? du zögerst? Hüter des Haußes!

Hab' ich gezögert doch auch! habe die Schritte gezählt.

Da ich nahet', und bin, gleich Pilgern, stille gestanden.

Aber gehe hinein, melde den Fremden, den Sohn,

Daß sich öffnen die Arm' und mir ihr Seegen begegne,

Daß ich geweiht und gegönnt wieder die Schwelle mir sei!

Aber ich ahn' es schon, in heilige Fremde dahin sind

Nun auch sie mir, und nie kehret ihr Lieben zurük.

Vater und Mutter? und wenn noch Freunde leben, sie haben

Andres gewonnen, sie sind nimmer die Meinigen mehr.

Kommen werd' ich, wie sonst, und die alten, die Nahmen der
   Liebe

Nennen, beschwören das Herz, ob es noch schlage, wie sonst,

Aber stille werden sie seyn. So bindet und scheidet

정원의 오솔길을 따라서, 또 냇가로 내려가서
지난날 나는 누워 기쁜 마음으로 위대한 이들을 생각했네
멀리 내다보던 뱃사람들 생각하며. 그대들의 이야기 덕에
나는 바다로 나아갔고, 사막으로 가야 했네, 강대한 자들
　　이여!
아아! 그동안 아버지, 어머니는 헛되이 나를 찾으셨구나.
그러나 어디에 계신가? 너 침묵하느냐? 머뭇거리느냐? 집
　　의 수호자여!
나 역시 머뭇거렸노라! 걸어온 발걸음 세었음에도,
가까이 왔음에도, 마치 순례자처럼 조용히 서 있었네.
이제 안으로 들어가 낯선 이가 왔다 알리거라, 아들이 왔
　　다고,
어버이께서 두 팔을 열고 축복하며 반기실 수 있게,
그리하여 다시 문턱을 넘는 일 내게 허락되도록!
그러나 벌써 느껴지는구나, 이미 성스럽고 먼 땅으로 떠나
사랑하는 당신들은 두 번 다시 돌아올 수 없다는 것이.

아버지와 어머니께서? 아직 벗들이 살아 있더라도, 그들은
다른 것을 얻고서 멀어졌으니, 더 이상 내 사람들이 아니다.
내가 예전 모습으로 돌아오더라도, 사랑의 옛 이름들을
불러보더라도, 심장이 예전처럼 뛰고 있는지 물어보더라도
그들은 침묵하리라. 시간은 어떤 것은 이어주지만,

Manches die Zeit. Ich dünk' ihnen gestorben, sie mir.

Und so bin ich allein. Du aber, über den Wolken,

Vater des Vaterlands! mächtiger Aether! und du

Erd' und Licht! ihr einigen drei, die walten und lieben,

Ewige Götter! mit euch brechen die Bande mir nie.

Ausgegangen von euch, mit euch auch bin ich gewandert.

Euch, ihr Freudigen, euch bring' ich erfahrner zurük.

Darum reiche mir nun, bis oben an von des Rheines

Warmen Bergen mit Wein reiche den Becher gefüllt!

Daß ich den Göttern zuerst und das Angedenken der Helden

Trinke, der Schiffer, und dann eures, ihr Trautesten! auch

Eltern und Freund'! und der Mühn und aller Leiden vergesse

Heut' und morgen und schnell unter den Heimischen sei.

또 어떤 것은 갈라놓는다. 나는 그들에게 죽은 사람이고,
　　그들도 내게 죽었으니.
그러니 나는 혼자로다. 그러나 당신, 구름 위에 계신 그대,
조국의 아버지시여! 강대한 에테르시여! 그대
대지와 빛이시여! 삼위三位께서 다스리고 사랑하시니,
영원한 신들이시여! 그대들과의 연결은 영영 끊어지지 않
　　습니다.
그대들을 떠나 방랑길에 올라, 그대들과 함께 유랑하였고,
이제 그대들을 향해, 기쁜 자들이여, 더 성숙해서 돌아갑니다.
그러니 이제 내리소서, 라인강 드높은 곳
따뜻한 산에서 포도주를 내려 잔을 채우소서!
내가 먼저 신들을 생각하고, 그다음에는 영웅들을 떠올리며
그 잔을 마시도록, 뱃사람들을, 가까운 이들을 생각하며!
어버이와 벗들을 생각하며 마시기를! 많은 고생과 모든 아픔
오늘도 내일도 잊고, 하루빨리 고향 사람들과 함께하게 하
　　소서.

Heimkunft

An die Verwandten

1

Drinn in den Alpen ists noch helle Nacht und die Wolke,

Freudiges dichtend, sie dekt drinnen das gähnende Thal.

Dahin, dorthin toset und stürzt die scherzende Bergluft,

Schroff durch Tannen herab glänzet und schwindet ein Stral.

Langsam eilt und kämpft das freudigschauernde Chaos,

Jung an Gestalt, doch stark, feiert es hebenden Streit

Unter den Felsen, es gährt und wankt in den ewigen Schranken,

Denn bacchantischer zieht drinnen der Morgen herauf.

Denn es wächst unendlicher dort das Jahr und die heilgen

Stunden, die Tage, sie sind kühner geordnet, gemischt.

Dennoch merket die Zeit der Gewittervogel und zwischen

Bergen, hoch in der Luft weilt er und rufet den Tag.

Jezt auch wachet und schaut in der Tiefe drinnen das Dörflein

Furchtlos, Hohem vertraut, unter den Gipfeln hinauf.

Wachstum ahnend, denn schon, wie Blize, fallen die alten

Wasserquellen, der Grund unter den Stürzenden dampft,

Echo tönet umher, und die unermeßliche Werkstatt

귀향[21]

친지들에게

1

저기 알프스 산중은 아직도 밤이 밝고, 구름은

기쁨의 시詩로 뭉치며 입 벌린 골짜기를 덮어준다.

그쪽을 향해 유쾌한 산바람이 휘몰아치며 내달리니,

전나무 사이로 떨어지며, 번쩍이고 또 사라지는 빛.

천천히 서두르며 전투하는 혼돈이 기쁨에 몸서리치고,

비록 형상은 어리나 넘치는 힘, 사랑의 투쟁으로 노닐며

절벽 아래, 영원의 경계 사이에서 휘청이고 부글거릴 때,

그 안에서 바쿠스처럼 도취하는 아침이 떠오른다.

여기는 해[年]가 무한히 자라나는 곳, 성스러운

시간과 나날이 대담하게 배열되고 섞이는 곳이기에.

그러나 저 바람새[22]는 문득 시간의 흐름을 알아차리니

산들 가운데, 공중 높은 곳에서 머물며 날[日]을 부른다.

여지껏 잠들지 않은 심연 속 작은 마을 하나는

두려움을 모르고, 드높은 것에 익숙하여 산정을 올려다본다.

성장을 예감하며, 이제 보라, 벼락처럼 떨어져 내리는

옛 샘에서 나온 물, 폭포를 맞은 땅에서는 물보라가 일고,

메아리가 울려 퍼지고, 크기를 알 수 없는 이 공방工房은

Reget bei Tag und Nacht, Gaaben versendend, den Arm.

2

Ruhig glänzen indeß die silbernen Höhen darüber,

Voll mit Rosen ist schon droben der leuchtende Schnee.

Und noch höher hinauf wohnt über dem Lichte der reine

Seelige Gott vom Spiel heiliger Stralen erfreut.

Stille wohnt er allein und hell erscheinet sein Antliz,

Der ätherische scheint Leben zu geben geneigt,

Freude zu schaffen, mit uns, wie oft, wenn, kundig des Maases,

Kundig der Athmenden auch zögernd und schonend der Gott

Wohlgediegenes Glük den Städten und Häußern und milde

Reegen, zu öffnen das Land, brütende Wolken, und euch,

Trauteste Lüfte dann, euch, sanfte Frühlinge, sendet,

Und mit langsamer Hand Traurige wieder erfreut.

Wenn er die Zeiten erneut, der Schöpferische, die stillen

Herzen der alternden Menschen erfrischt und ergreifft,

Und hinab in die Tiefe wirkt, und öffnet und aufhellt,

Wie ers liebet, und jezt wieder ein Leben beginnt,

Anmuth blühet, wie einst, und gegenwärtiger Geist kömmt.

Und ein freudiger Muth wieder die Fittige schwellt.

밤낮으로 선물을 흘려 보내며 그 팔을 움직인다.

2

그 너머에서 은빛으로 반짝이는 고요한 정상들,

빛나는 설산은 벌써 온통 장미로 가득하다.

그리고 빛보다도 더 높은 곳에 거하는 창공의

지복한 신은 성스러운 광선들의 놀음을 즐긴다.

고요 속에 홀로 머물며 밝은 얼굴을 드러내는

아이테르의 신은 기꺼이 생명을 나눠 주려는 듯,

우리 곁에서 기쁨을 지으려는 듯, 언제든 음율을 알기에,

숨 쉬는 자들을 알기에, 머뭇거리듯 지켜주는 신이

도시와 촌락들을 향해 넉넉한 행복과 부드러운 빗물을

내릴 때, 땅을 열어주려 생명을 품은 구름들을, 너희

정든 바람들을, 그리고 너희 따사로운 봄들을 보내줄 때,

느린 손을 내밀어 슬픈 자들을 다시 기쁘게 할 때,

길어 올리는 신이 계절을 새롭게 할 때, 그리하여

늙어가는 이들의 꺼진 마음을 붙잡아 다시 싱그럽게 하고,

저 깊은 곳까지 힘을 나투고, 열어주고, 밝게 해줄 때,

신이 사랑하는 바를 따라 이제 다시금 생명이 시작될 때,

마음이 동하여 피어나고, 언젠가처럼 순간의 정신이 다가

　　올 때,

기쁨에 찬 마음이 다시금 날개를 부풀릴 때.

Vieles sprach ich zu ihm, denn, was auch Dichtende sinnen

Oder singen, es gilt meistens den Engeln und ihm;

Vieles bat ich, zu lieb dem Vaterlande, damit nicht

Ungebeten uns einst plözlich befiele der Geist;

Vieles für euch auch, die im Vaterlande besorgt sind,

Denen der heilige Dank lächelnd die Flüchtlinge bringt,

Landesleute! für euch, indessen wiegte der See mich.

Und der Ruderer saß ruhig und lobte die Fahrt.

Weit in des Sees Ebene wars Ein freudiges Wallen

Unter den Seegein und jezt blühet und hellet die Stadt

Dort in der Frühe sich auf, wohl her von schattigen Alpen

Kommt geleitet und ruht nun in dem Hafen das Schiff.

Warm ist das Ufer hier und freundlich offene Thale,

Schön von Pfaden erhellt grünen und schimmern mich an.

Gärten stehen gesellt und die glänzende Knospe beginnt schon.

Und des Vogels Gesang ladet den Wanderer ein.

Alles scheinet vertraut, der vorübereilende Gruß auch

Scheint von Freunden, es scheint jegliche Miene verwandt.

Freilich wohl! das Geburtsland ists, der Boden der Heimath,

나 그에게 많은 말을 했노라, 시 짓는 이들의 생각이나
노래는, 대부분 천사나 신을 향한 것이기에.
나 많은 것을 빌었노라, 조국을 향한 사랑으로,
뜻밖의 순간 정신이 돌연 우리를 엄습하지 않도록.
조국에서 근심하는 그대들을 위해서도 많이 빌었노라,
우리 난민들은 미소 지으며 그대들에게 성스러운 감사를 바치리,
내 나라의 사람들이여! 그때 호수는 나를 품에서 재우고,
뱃사공은 침착하게 앉아 뱃길을 칭송하였다.
평탄한 호수 저 멀리로 기쁨의 움직임 넘실거리며
돛을 부풀렸으니, 이제 도시는 새벽 하늘 아래에서
피어나고 또 빛을 뿜는다, 그늘진 알프스에서부터
순탄히 이끌려 도착한 배는 이제 항구에서 쉰다.
이곳의 물가는 따뜻하고 열린 골짜기들은 친근하여,
어여쁜 오솔길들 빛나며 내게 어스름과 초록을 보내온다.
가지런한 정원들은 벌써 빛나는 봉오리를 맺었고,
새의 노래는 방랑자를 반갑게 맞아들이네.
모든 것이 친숙하게 느껴지고, 스쳐 지나가는 인삿말도
마치 친구의 목소리인 듯, 보이는 표정마다 친족인 듯하네.

당연히 그러하다! 내가 태어난 땅, 고향의 대지이니,

Was du suchest, es ist nahe, begegnet dir schon.

Und umsonst nicht steht, wie ein Sohn, am wellenumrauschten

Thor' und siehet und sucht Hebende Nahmen für dich,

Mit Gesang ein wandernder Mann, glükseeliges Lindau!

Eine der gastlichen Pforten des Landes ist diß,

Reizend hinauszugehn in die vielversprechende Ferne,

Dort, wo die Wunder sind, dort, wo das göttliche Wild

Hoch in die Ebnen herab der Rhein die verwegene Bahn bricht.

Und aus Felsen hervor ziehet das jauchzende Thal,

Dort hinein, durchs helle Gebirg, nach Komo zu wandern,

Oder hinab, wie der Tag wandelt, den offenen See;

Aber reizender mir bist du, geweihete Pforte!

Heimzugehn, wo bekannt blühende Wege mir sind.

Dort zu besuchen das Land und die schönen Thale des Nekars,

Und die Wälder, das Grün heiliger Bäume, wo gern

Sich die Eiche gesellt mit stillen Birken und Buchen,

Und in Bergen ein Ort freundlich gefangen mich nimmt.

5

Dort empfangen sie mich. O Stimme der Stadt, der Mutter!

O du triffest, du regst Langegelerntes mir auf

Dennoch sind sie es noch! noch blühet die Sonn' und die

찾으려는 것 가까이에 있어 이미 마주친다.

그리고 마치 아들처럼, 여기 파도 소리 가득한

성문 앞에 서서, 너를 위한 사랑의 이름을 찾는

가인이자 방랑자가 여기에 있다, 축복받은 린다우[23]여!

객을 맞이하는 이 나라의 관문 중 하나이니,

약속을 품은 먼 곳으로 떠나라며 마음을 움직인다,

멀리, 기적들이 있는 곳으로, 멀리, 신령한 짐승이

고원에서 내려오는 라인강 되어 힘차게 길을 내는 곳으로,

암벽에서 터져 나오며 환호하는 골짜기 있는 곳으로,

저곳으로, 밝은 산속을 지나며 코모[24]까지 가보라고,

아니면 강 아래편으로, 태양의 궤도를 따라 열린 호수 안으로.

그러나 너를 향한 마음 더 크구나, 축복받은 관문이여!

꽃이 피는 길을 내가 아는 곳, 고향으로 가는 마음,

그곳의 땅과 네카르강[25] 아름다운 구릉을 둘러보고,

숲과 성스러운 나무들의 초록이 있는 곳, 참나무가

말 없는 자작나무와 너도밤나무 곁에 즐거이 서 있는 곳,

산속 어느 장소가 나를 친근하게 붙드는 곳으로.

5

거기서 너희가 나를 맞이한다. 오 도시의 음성, 어머니의 음
    성이여!

오 네 말은 적중하여, 오래전에 배운 것을 되살리는구나!

51

Freud' euch,

O ihr Liebsten! und fast heller im Auge, wie sonst.

Ja! das Alte noch ists! Es gedeihet und reifet, doch keines

Was da lebet und liebt, lasset die Treue zurük.

Aber das Beste, der Fund, der unter des heiligen Friedens

Bogen lieget, er ist Jungen und Alten gespart.

Thörig red ich. Es ist die Freude. Doch morgen und künftig

Wenn wir gehen und schaun draußen das lebende Feld

Unter den Blüthen des Baums, in den Feiertagen des Frühlings

Red' und hoff' ich mit euch vieles, ihr Lieben! davon.

Vieles hab' ich gehört vom großen Vater und habe

Lange geschwiegen von ihm, welcher die wandernde Zeit

Droben in Höhen erfrischt, und waltet über Gebirgen

Der gewähret uns bald himmlische Gaaben und ruft

Hellem Gesang und schikt viel gute Geister. O säumt nicht,

Kommt, Erhaltenden ihr! Engel des Jahres! und ihr,

6

Engel des Haußes, kommt! in die Adern alle des Lebens,

Alle freuend zugleich, theile das Himmlische sich!

Adle! verjünge! damit nichts Menschlichgutes, damit nicht

Eine Stunde des Tags ohne die Frohen und auch

하지만 예전 그대로구나! 아직도 얼굴에 햇빛과 기쁨을 머
　금었구나,
오 사랑하는 이들이여! 그 눈빛은 평소보다도 더 밝구나.
그렇다! 옛 것은 아직 있다! 계속해서 성장하고 성숙하지만,
여기에 살아가며 사랑하는 것들 중 옛날을 저버리는 것은 없다.
그렇지만 가장 좋은 것, 성스러운 화해의 다리[26] 아래 놓인
보물은 젊은이와 늙은이 모두를 위해서 둔 것.
내 어리석은 말은 기쁨 탓이다. 허나 내일, 그리고 그 후에도
우리가 바깥을 걸으며 살아 있는 들판을 바라볼 때
나무에 핀 꽃들 아래서, 봄의 축제일이 돌아왔을 때
그대들과 많은 말을 나누고 희망을 가져보리, 사랑하는 이
　들이여!
많은 것을 나는 위대한 아버지께 들었으며 또한
그를 두고 오래도록 침묵했다, 그는 방랑하는 시간을
하늘 높은 곳에서 다시 싱그럽게 하고, 산을 다스리며
이제 곧 하늘의 선물을 허락하리라, 그리고
밝은 노래를 불러내어 여러 선한 신들을 보내리라. 오 놓치
　지 말라,
오라, 수호자들이여! 해[年]를 지키는 천사들이여! 그리고 너희,

6

집을 지키는 천사들이여, 오라! 핏줄 속으로, 생명의 천사들

Solche Freude, wie jezt, wenn Liebende wieder sich finden,

Wie es gehört für sie, schiklich geheiliget sei.

Weim wir seegnen das Mahl, wen darf ich nennen und wenn
   wir

Ruhn vom Leben des Tags, saget, wie bring' ich den Dank?

Nenn' ich den Hohen dabei? Unschikliches liebet ein Gott nicht,

Ihn zu fassen, ist fast unsere Freude zu klein.

Schweigen müssen wir oft; es fehlen heilige Nahmen,

Herzen schlagen und doch bleibet die Rede zurük?

Aber ein Saitenspiel leiht jeder Stunde die Töne,

Und erfreuet vieleicht Himmlische, welche sich nahn.

Das bereitet und so ist auch beinahe die Sorge

Schon befriediget, die unter das Freudige kam.

Sorgen, wie diese, muß, gern oder nicht, in der Seele

Tragen ein Sänger und oft, aber die anderen nicht.

이여,

모두에게 기쁨을 줄 수 있도록, 하늘이여 스스로를 나누어라!

고귀해져라! 젊어져라! 인간 세상의 좋은 것 중 그 무엇도,

하루의 어떤 시간도 환희의 천사들 없이 흐르지 않도록,

또 지금, 연인들이 다시 만나는 것 같은 그런 기쁨이

그 운명에 걸맞은 축성을 받을 수 있도록.

우리가 음식을 놓고 기도할 때 나 누구의 이름을 부르며, 우
리가

하루의 삶을 내려놓고 쉴 때, 말해보라, 나는 어찌 감사하면
좋으랴?

높은 신의 이름을 불러야 하는가? 신은 그른 것은 사랑하지
않으며,

그를 붙잡기에는 우리의 기쁨이 너무나 작은 듯하다.

자주 침묵해야만 하는 우리다, 성스러운 이름이 모자라니,

가슴이 뛰는데도 말은 뒤처져 나오지 못하는가?

그러나 현악 소리는 흘러가는 시간마다 음을 내어주니,

다가오는 천신들 역시 기쁘게 할지도 모르겠구나.

이로써 준비되니, 기쁨 가운데 내게 다가왔던

근심까지도 이제는 거의 평온을 되찾았다.

이런 근심들을 원하든 원하지 않든 영혼에 자주

젊어져야 하는 것이 가인이나, 다른 이들은 아니리라.

Am Quell der Donau

Denn, wie wenn hoch von der herrlichgestimmten, der Orgel

Im heiligen Saal,

Reinquillend aus den unerschöpflichen Röhren,

Das Vorspiel, wekend, des Morgens beginnt

Und weitumher, von Helle zu Halle,

Der erfrischende nun, der melodische Strom riant,

Bis in den kalten Schatten das Haus

Von Begeisterungen erfüllt.

Nun aber erwacht ist, nun, aufsteigend ihr,

Der Sonne des Fests, antwortet

Der Chor der Gemeinde; so kam

Das Wort aus Osten zu uns.

Und an Parnassos Felsen und am Kithäron hör' ich

O Asia, das Echo von dir und es bricht sich

Am Kapitol und jählings herab von den Alpen

Kommt eine Fremdlingin sie

Zu uns, die Erwekerin,

도나우강 원류에서

드높은 곳, 장엄하게 조율된
성스러운 공간의 오르간처럼
무한의 관管에서 맑게 흘러나오며
일깨우는 아침의 서곡序曲이
성전에서 성전으로, 저 멀리까지
시원하게, 선율의 물길로 흐를 때처럼,
그리하여 어느 집 서늘한 그림자까지도
신들림으로 가득 차고,
이제 깨어나서, 이제 위로 솟구치며
제전의 태양을 향해, 성도들의 합창이
화답할 때처럼. 바로 그렇게
말씀은 동쪽에서 우리에게 왔으니,
파르나소스의 암벽과 키타이론에서 나는 들었노라,
오 아시아여, 너의 메아리가
카피톨[27]에서 부서지고, 알프스를 깎아지듯 내려오는

어느 이방인 여인이 우리에게
다가오니, 바로 일깨우는 자인 그녀,

Die menschenbildende Stimme.

Da faßt' ein Staunen die Seele

Der Getroffenen all und Nacht

War über den Augen der Besten.

Denn vieles vermag

Und die Fluth und den Fels und Feuersgewalt auch

Bezwinget mit Kunst der Mensch

Und achtet, der Hochgesinnte, das Schwerdt

Nicht, aber es steht

Vor Göttlichem der Starke niedergeschlagen,

Und gleichet dem Wild fast; das,

Von süßer Jugend getrieben,

Schweift rastlos über die Berg'

Und fühlet die eigene Kraft

In der Mittagshizze. Wenn aber

Herabgeführt, in spielenden Lüften,

Das heilige Licht, und mit dem kühleren Stral

Der freudige Geist kommt zu

Der seeligen Erde, dann erliegt es, ungewohnt

Des Schönsten und schlummert wachenden Schlaf,

Noch ehe Gestirn naht. So auch wir. Denn manchem erlosch

인간을 짓는 목소리인 그녀로다.
그가 적중한 모든 영혼은
경이에 사로잡히고 밤은
가장 뛰어난 자들의 눈마저 가리었네.
사람은 많은 힘을 지녔구나,
급류와 암반과 불길의 위력 또한
기예로 굴복시키며
높은 뜻을 품은 그이니, 칼날조차 개의치
않으니, 그러나
신적인 것 앞에서는 그 강한 자도 스러진다,

거의 들짐승과 같아, 마치
달콤한 젊음에 쫓기어
쉼 없이 산등성이를 넘으며
한낮의 볕 아래 제 힘을
느끼는 들짐승과도 같구나. 그러나
가벼이 노니는 바람과 함께
성스러운 빛이 하강하고, 서늘해진 빛과 더불어
기쁜 정신이
복된 대지에 도래하면, 그제야 짐승은 쓰러진다,
막대한 아름다움이 낯선 나머지 그는 깨어 있는 채로 잠든다,
별이 가까워지기도 전에. 우리도 그러하다. 어떤 이들은

Das Augenlicht schon vor den göttlichgesendeten Gaben,

Den freundlichen, die aus Ionien uns,

Auch aus Arabia kamen, und froh ward

Der theuern Lehr' und auch der holden Gesänge

Die Seele jener Entschlafenen nie.

Doch einige wachten. Und sie wandelten oft

Zufrieden unter euch, ihr Bürger schöner Städte,

Beim Kampfspiel, wo sonst unsichtbar der Heros

Geheim bei Dichtern saß, die Ringer schaut und lächelnd

Pries, der gepriesene, die müßigernsten Kinder.

Ein unaufhörlich Lieben wars und ists.

Und wohlgeschieden, aber darum denken

Wir aneinander doch, ihr Fröhlichen am Isthmos,

Und am Cephyß und am Taygetos,

Auch eurer denken wir, ihr Thale des Kaukasos,

So alt ihr seid, ihr Paradiese dort

Und deiner Patriarchen und deiner Propheten,

O Asia, deiner Starken, o Mutter!

Die furchtlos vor den Zeichen der Welt,

Und den Himmel auf Schultern und alles Schiksaal,

신성한 선물을 받기 전에 이미 눈의 빛이 사그러졌으니,

이오니아[28]에서 우리에게 온 친절한 선물,
아라비아에서 보낸 선물들에도, 그 값진
가르침과 사랑스러운 노래들에도
저 영면한 이들의 영혼은 기뻐하지 못했으나,
그럼에도 어떤 자들은 깨어 있었다. 저들은 자주
너희 가운데를 거닐었노라, 너희 아름다운 성城의 시민들이여,
경기장에서 저기 보이지 않는 영웅이
시인들 곁에 비밀스레 앉아 싸움꾼들 보며 웃음 짓고
칭송하고 칭송받던 곳에서, 저들은 진지한 유희를 일삼는
    어린아이들이었다.
그것은 끝이 없는 사랑이었고 지금도 그러하구나.
우리 온전히 떨어져 있으나, 바로 그렇기에
서로를 생각한다, 이스트모스[29]의 명랑한 자들이여,
케피로스강[30]과 타이게토스산[31]의 너희들이여,
또 너희 카우카소스 산맥[32]의 골짜기들이여,
거기 오래된 너희 천국들이여,
그리고 네 장로들과 예언자들,

아시아여, 너의 그 강한 자들은, 어머니시여!
세계의 징후들 앞에서도 두려움을 몰랐고,

61

Taglang auf Bergen gewurzelt,

Zuerst es verstanden.

Allein zu reden

Zu Gott. Die ruhn nun. Aber wenn ihr

Und diß ist zu sagen,

Ihr Alten all, nicht sagtet, woher?

Wir nennen dich, heiliggenöthiget, nennen,

Natur! dich wir, und neu, wie dem Bad entsteigt

Dir alles Göttlichgeborne.

Zwar gehn wir fast, wie die Waisen;

Wohl ists, wie sonst, nur jene Pflege nicht wieder;

Doch Jünglinge, der Kindheit gedenk.

Im Hauße sind auch diese nicht fremde.

Sie leben dreifach, eben wie auch

Die ersten Söhne des Himmels.

Und nicht umsonst ward uns

In die Seele die Treue gegeben.

Nicht uns, auch Eures bewahrt sie,

Und bei den Heiligtümern, den Waffen des Worts

Die scheidend ihr den Ungeschikteren uns

Ihr Schiksaalssöhne, zurükgelassen

어깨에는 하늘과 모든 운명 짊어진 채로

하루 종일 산정에 뿌리를 내린 듯

처음으로 이해했다,

신에게

홀로 말하는 법을. 그들은 이제 쉼에 들었다. 그러나 만일,

이제 내가 말하노니,

너희 옛 사람들이 말하지 않았다면, 어찌 알았으리?

우리는 너를 부른다, 성스러운 난관에 이르러, 부른다,

자연이여! 마치 몸을 씻고 나온 듯

신성하게 태어난 모든 것이 네게는 새롭구나.

비록 우리 고아들처럼 걸어가지만,

예전 같은 저 돌봄의 손길은 없구나.

그러나 청년들은 어린 시절을 생각하니,

집에서는 그 시절 낯설지 않다.

이들은 세 번의 삶을 산다, 마치

하늘이 낳은 첫 아들들처럼.

또한 우리 영혼에 주어진

신의는 헛되지 않았다.

우리만이 아니라, 신의는 너희 또한 지켰노라,

너희 운명의 아들들이 떠나가며

서투른 우리에게 남긴

›

Ihr guten Geister, da seid ihr auch.

Oftmals, wenn einen dann die heilige Wolk umschwebt,

Da Staunen wir und wissens nicht zu deuten.

Ihr aber würzt mit Nectar uns den Othem

Und dann frohloken wir oft oder es befällt uns

Ein Sinnen, wenn ihr aber einen zu sehr liebt

Er ruht nicht, bis er euer einer geworden.

Darum, ihr Gütigen! umgebet mich leicht,

Damit ich bleiben möge, denn noch ist manches zu singen,

Jezt aber endiget, seeligweinend.

Wie eine Sage der Liebe,

Mir der Gesang, und so auch ist er

Mir, mit Erröthen, Erblassen,

Von Anfang her gegangen. Doch Alles geht so.

성소들, 그리고 말의 무기들 곁에서

너희 선한 정령들이여, 너희도 여기 있구나,
성스러운 구름이 누군가를 휘감을 때마다,
우리는 경이에 떨며 해석할 줄 모른다.
그러나 너희 넥타르로 우리 숨결에 향기를 불어넣으면
우리는 열광하거나 아니면
생각에 휩싸인다, 그러나 너희가 누군가를 너무 깊이 사랑하면
그는 쉼을 얻지 못하고, 결국 너희 중 하나가 되어버린다.
그렇기에, 자비로운 자들이여! 내 주위를 가벼이 감싸주기를,
그리하여 내가 머무를 수 있도록, 아직은 노래할 것이 남아
    있기에,
그러나 이제 끝나는구나, 행복에 겨운 눈물과 함께,
사랑에 대한 옛이야기처럼,
내 노래가 끝나는구나, 노래는 그렇게
내 얼굴을 붉히며, 또 창백케 하며
처음부터 흘러갔다. 모든 것은 그렇게 흘러간다.

Der Gang aufs Land

An Landauer

Komm! ins Offene, Freund! zwar glänzt ein Weniges heute

Nur herunter und eng schließet der Himmel uns ein.

Weder die Berge sind noch aufgegangen des Waldes

Gipfel nach Wunsch und leer ruht von Gesange die Luft.

Trüb ists heut, es schlummern die Gang' und die Gassen und
fast will

Mir es scheinen, es sei, als in der bleiernen Zeit.

Dennoch gelinget der Wunsch, Rechtgläubige zweifeln an Einer

Stunde nicht und der Lust bleibe geweihet der Tag.

Denn nicht wenig erfreut, was wir vom Himmel gewonnen,

Wenn ers weigert und doch gönnet den Kindern zulezt.

Nur daß solcher Reden und auch der Schritt und der Mühe

Werth der Gewinn und ganz wahr das Ergözliche sei.

Darum hoff ich sogar, es werde, wenn das Gewünschte

Wir beginnen und erst unsere Zunge gelöst,

Und gefunden das Wort, und aufgegangen das Herz ist,

Und von trunkener Stirn' höher Besinnen entspringt,

Mit der unsern zugleich des Himmels Blüthe beginnen.

전원을 걷다

란다우어에게

열린 곳으로 오라! 친구여! 비록 오늘 빛이 적고

낮게 깔린 하늘은 우리를 비좁게 가두는 듯하지만.

산도 숨길이 트이지 않고 숲의 높은 곳도 원하는 대로

열리지 않아, 노랫소리 없는 조용한 공기는 비어 있지만.

흐린 날에, 대로며 골목길도 아직 잠에 취해 있으니

거의 납의 시대 같다고 나는 느낀다.

그럼에도 소원은 이루어지는구나, 믿음 있는 자들은 하나의

시간이 주어짐을 의심치 않으니, 이 하루를 즐거움에 바치

　　리라.

우리가 하늘에서 받은 것은 작지 않은 기쁨이니

신은 처음에는 금지하다가도, 결국 아이들에게 허락하는 법.

이러한 말들과 발걸음과 많은 수고 있었으니

이제 값진 것을 얻기를, 기쁨이 진실되기만을 원할 뿐.

그렇기에 나는 큰 희망을 품어본다, 소원했던 것이

우리에게서 시작되며 굳어 있던 혀가 풀리고 나면,

애타게 찾던 말을 얻어 마음이 열리고 나면,

도취한 이마에서 더욱 높은 사유가 흘러나오면,

우리가 피우는 꽃과 더불어 하늘의 꽃도 열리면,

Und dem offenen Blik offen der Leuchtende seyn.

Denn nicht Mächtiges ists, zum Leben aber gehört es.

Was wir wollen, und scheint schiklich und freudig zugleich.

Aber kommen doch auch der seegenbringenden Schwalben

Immer einige noch, ehe der Sommer ins Land.

Nemlich droben zu weihn bei guter Rede den Boden,

Wo den Gästen das Haus baut der verständige Wirth;

Daß sie kosten und schaun das Schönste, die Fülle des Landes,

Daß, wie das Herz es wünscht, offen, dem Geiste gemäß

Mahl und Tanz und Gesang und Stutgards Freude gekrönt sei,

Deßhalb wollen wir heut wünschend den Hügel hinauf.

Mög' ein Besseres noch das menschenfreundliche Mailicht

Drüber sprechen, von selbst bildsamen Gästen erklärt,

Oder, wie sonst, wenns andern gefällt, denn alt ist die Sitte,

Und es schauen so oft lächelnd die Götter auf uns,

Möge der Zimmermann vom Gipfel des Daches den Spruch thun,

Wir, so gut es gelang, haben das Unsre gethan.

Aber schön ist der Ort, wenn in Feiertagen des Frühlings

Aufgegangen das Thal, wenn mit dem Nekar herab

Weiden grünend und Wald und all die grünenden Bäume

열린 시선 앞에는 빛나는 자[33] 훤히 드러나리라.

우리 원하는 바는 강대한 것이 아니라,
오히려 삶의 일부인 무언가이니, 운명이면서 기쁨인 듯하구나.
그럼에도 아직 축복을 가져다주는 제비들
몇 마리가 여름보다도 앞서 이 땅에 날아든다.
저편에서 좋은 말로 농지를 축복해 주려고,
사려 깊은 주인이 객을 위한 집을 짓는 땅으로.
객들이 가장 아름다운 것, 이 땅의 충만함을 맛볼 수 있도록,
마음이 원하는 대로, 열려 있는 그대로, 정신 그대로,
음식과 춤과 노래가, 슈투트가르트의 기쁨이 왕관을 얻도록,
그를 위해서 오늘 우리는 소원을 품고 언덕을 오르네.
친절한 오월의 빛이 인간에게 던져주는
더욱 좋은 축언을 박식한 객들이 해명해 주기를,
아니 예전처럼, 웃음 짓는 신들은 자주 우리를 내려다보니,
다른 이들도 허한다면, 오래된 관습에 따라
목수가 지붕 꼭대기에 올라 축언을 내려주기를,[34]
우리는 이미 할 수 있는 만큼 우리 몫을 했으니.

봄의 축일에 찾은 이 곳은 아름답구나
골짜기는 활짝 열려 있고, 네카르강 따라
풀밭과 숲이 푸르게 펼쳐지고, 신록의 나무들 모두

Zahllos, blühend weiß, wallen in wiegender Luft

Aber mit Wölkchen bedekt an Bergen herunter der Weinstok

Dämmert und wächst und erwärmt unter dem sonnigen Duft.

무수하게 피운 흰 꽃들로 바람에 넘실대고

조각구름들로 가리워진 산 아래로는 포도밭이

어둠 속에서 빛나고 자라나며 따뜻한 향기를 뿜는구나.

Menons Klagen um Diotima

1

Täglich geh' ich heraus, und such' ein Anderes immer,

Habe längst sie befragt alle die Pfade des Lands;

Droben die kühlenden Höhn, die Schatten alle besuch' ich.

Und die Quellen; hinauf irret der Geist und hinab,

Ruh' erbittend; so flieht das getroffene Wild in die Wälder,

Wo es um Mittag sonst sicher im Dunkel geruht;

Aber nimmer erquikt sein grünes Lager das Herz ihm,

Jammernd und schlummerlos treibt es der Stachel umher.

Nicht die Wärme des Lichts, und nicht die Kühle der Nacht hilft,

Und in Woogen des Stroms taucht es die Wunden umsonst.

Und wie ihm vergebens die Erd' ihr fröhliches Heilkraut

Reicht, und das gährende Blut keiner der Zephyre stillt,

So, ihr Lieben! auch mir, so will es scheinen, und niemand

Kann von der Stirne mir nehmen den traurigen Traum?

2

Ja! es frommet auch nicht, ihr Todesgötter! wenn einmal

디오티마를 잃은 메논의 비가[35]

1

날마다 나는 밖으로 나가 새로운 것을 찾아 떠도네,
이 땅에 난 모든 길에 대고 물어보았네.
드높고 시원한 산정들, 그늘가도 빠짐없이 찾아가고,
샘물에도 가보았네. 정신은 위로 아래로 헤매이니,
쉬게 해달라고. 마치 화살을 맞은 짐승이 숲속으로 도망치듯,
낮 동안 어둠 속에서 몸을 숨기고 쉬던 그곳으로.
그러나 짐승의 푸른 집은 더는 그 가슴을 위로하지 않고
몸속의 가시는 잠을 모르고 헤매이게 하네.
햇빛의 따스함도, 밤의 서늘함도 도움이 되지 못하고
흐르는 강의 물결에 상처를 기껏 담가보아도 헛되네.
대지가 건네는 기쁨의 약초도 쓸모가 없듯이
피거품 엉긴 상처를 달래줄 산들바람도 없듯이.
그렇게, 사랑하는 이들이여! 내 주위도 그러하니, 누구
내 이마에서 이 슬픈 꿈을 거두어갈 이 없는가?

2

그렇다! 그래서는 아무 소용이 없다, 너희 사신死神들이여!

73

Ihr ihn haltet, und fest habt den bezwungenen Mann,

Wenn ihr Bösen hinab in die schaurige Nacht ihn genommen,

Dann zu suchen, zu flehn, oder zu zürnen mit euch,

Oder geduldig auch wohl im furchtsamen Banne zu wohnen,

Und mit Lächeln von euch hören das nüchterne Lied.

Soll es seyn, so vergiß dein Heil, und schlummere klanglos!

Aber doch quillt ein Laut hoffend im Busen dir auf,

Immer kannst du noch nicht, o meine Seele! noch kannst du's

Nicht gewohnen, und träumst mitten im eisernen Schlaf!

Festzeit hab' ich nicht, doch möcht' ich die Loke bekränzen;

Bin ich allein denn nicht? aber ein Freundliches muß

Fernher nahe mir seyn, und lächeln muß ich und staunen,

Wie so seelig doch auch mitten im Leide mir ist.

3

Licht der Liebe! scheinest du denn auch Todten, du goldnes!

Bilder aus hellerer Zeit leuchtet ihr mir in die Nacht?

Liebliche Gärten seid, ihr abendröthlichen Berge,

Seid willkommen und ihr, schweigende Pfade des Hains,

Zeugen himmlischen Glüks, und ihr, hochschauende Sterne,

Die mir damals so oft seegnende Blike gegönnt!

Euch, ihr Liebenden auch, ihr schönen lünder des Maitags,

너희가 사내를 한 차례 손아귀에 넣었을 때, 그를 굴복시켰
    을 때,
너희 악신惡神들이 끔찍한 밤 속으로 그를 끌고 내려갔을 때,
그제야 찾아 헤매고, 자비를 빌고, 너희에게 분노하는 일이나,
아니면 그 공포의 권역에서 묵묵히 살아가는 일이나,
미소를 지으며 너희의 메마른 노래를 듣는 일은, 모두 소용
    없다.
만일 운명이 그렇다면, 구원은 잊고 소리 없이 잠들라!
그러나 네 가슴에서는 하나의 음음이 또 희망으로 솟아나니,
아직까지도, 내 영혼이여! 아직도 너는 받아들이지 못해
익숙해지지 못해, 강철 같은 잠 속에서도 꿈을 꾸는구나!
축제를 맞이한 것도 아닌데 머리에 화관을 얹고 싶구나,
아니, 나는 혼자가 아니었던가? 그러나 벗다운 누군가가
멀리서 나를 찾아올 것이니, 나는 웃음 짓고, 놀라워해야 하
    겠구나,
이런 아픔 가운데서도 마음이 이토록 기쁘다니.

3

사랑의 빛이여! 너의 황금빛은 죽은 자들에게도 비치는가?
밝았던 날들의 상像이여, 너희가 내 밤을 빛내려는가?
노을 붉게 물든 산들이여, 너희는 정다운 정원들이 되고,
어서 오라, 너희 숲속에 난 침묵의 오솔길들이여,

Stille Rosen und euch, Lilien, nenn' ich noch oft!

Wohl gehn Frühlinge fort, ein Jahr verdränget das andre,

Wechselnd vind streitend, so tost droben vorüber die Zeit

Über sterblichem Haupt, doch nicht vor seeligen Augen,

Und den Liebenden ist anderes Leben geschenkt.

Denn sie alle die Tag' und Jahre der Sterne, sie waren

Diotima! um uns innig und ewig vereint;

4

Aber wir, zufrieden gesellt, wie die liebenden Schwäne,

Wenn sie ruhen am See, oder, auf Wellen gewiegt,

Niedersehn in die Wasser, wo silberne Wolken sich spiegeln,

Und ätherisches Blau unter den Schiffenden wallt,

So auf Erden wandelten wir. Und drohte der Nord auch,

Er, der Liebenden Feind, klagenbereitend, und fiel

Von den Ästen das Laub, und flog im Winde der Reegen,

Ruhig lächelten wir, fühlten den eigenen Gott

Unter trautem Gespräch; in Einem Seelengesange,

Ganz in Frieden mit uns kindlich und freudig allein.

Aber das Haus ist öde mir nun, und sie haben mein Auge

Mir genommen, auch mich hab' ich verloren mit ihr.

Darum irr' ich umher, und wohl, wie die Schatten, so muß ich

하늘의 기쁨을 알리는 자들, 너희 높이 보는 별들이여,

그때 나에게 그렇게도 축복스러운 광경을 주었거늘!

너희 오월의 아름다운 아이들, 너희 연인들이여,

말 없는 장미들, 백합들이여, 너희 이름을 나는 되뇌이노라!

봄들은 그렇게 가고, 한 해가 다음 해를 밀어내며

서로 뒤바뀌고 다투듯이, 그렇게 시간은 바람처럼

필멸자들의 머리 위로 멀어지지만, 기쁜 자의 눈앞은 스치

　　지 않으니,

사랑하는 자들에게는 다른 삶이 주어지는 것이다.

별들의 모든 날과 해[年]가 우리에게는,

디오티마여! 내밀하게 또 영원하게 하나 되어 있었다.

4

그때 우리는 평화로이 짝을 지어, 마치 사랑에 빠진 백조들이

호숫가에서 쉬듯이, 아니면 물결에 부드러이 흔들리면서

물속을 내려다보며, 거기 거울처럼 비치는 은빛 구름과

에테르의 푸름이 뱃전 아래로 이지러지는 모습을 보듯이,

그렇게 우리도 대지 위를 떠돌았다. 북풍이 겁을 줄 때에도,

살아 있는 자들의 적인 그가 비탄의 목소리 높이며

나뭇가지에서 이파리를 거두고, 바람에 비를 휘날릴 때에도,

우리는 말없이 웃었다, 태초의 대화 속에서

자기의 신을 느끼면서. 하나 된 영혼의 노래 속에서

Leben, und sinnlos dünkt lange das Übrige mir.

5

Feiern möcht' ich; aber wofür? und singen mit Andern,

Aber so einsam fehlt jegliches Göttliche mir.

Diß ist's, diß mein Gebrechen, ich weiß, es lähmet ein Fluch

mir

Darum die Sehnen, und wirft, wo ich beginne, mich hin,

Daß ich fühllos size den Tag, und stumm wie die Kinder,

Nur vom Auge mir kalt öfters die Thräne noch schleicht,

Und die Pflanze des Felds, und der Vögel Singen mich trüb

macht,

Weil mit Freuden auch sie Boten des Himmlischen sind,

Aber mir in schaudernder Brust die beseelende Sonne,

Kühl und fruchtlos mir dämmert, wie Stralen der Nacht,

Ach! und nichtig und leer, wie Gefängnißwände, der Himmel

Eine beugende Last über dem Haupte mir hängt!

6

Sonst mir anders bekannt! o Jugend, und bringen Gebete

Dich nicht wieder, dich nie? führet kein Pfad mich zurük?

Soll es werden auch mir, wie den Götterlosen, die vormals

온전히 평온에 젖어, 아이처럼 기쁘게 홀로 되어.

그러나 그 집은 이제 황량해졌구나, 그들이 내 눈을

앗아갔구나, 그녀를 잃으며 나 자신도 잃어버렸구나.

그리하여 나는 길을 잃고 헤매인다, 아마도 그림자처럼 나는

살아야 하리, 남은 시간을 생각하니 길고 의미 없는 생이구나.

5

나 축제를 열고 싶지만 — 무엇을 축하하려는가? 함께 노래

　　하고 싶지만,

이토록 외로워진 내게는 그 어떤 신성함도 없구나.

이것이 바로 내 고뇌임을, 나도 알고 있다, 그래서 그 저주가

내 힘줄을 마비시키고, 시작하려 할 때마다 나를 쓰러트리니

종일 아무것도 느끼지 못하고 앉아 있다, 말 못하는 아이들

　　처럼,

단지 눈에서 이따금씩 차가운 눈물이 스며 나올 뿐,

들판의 풀과 나무도, 새들의 노래도 내 마음을 더 흐릴 뿐이다.

그들 역시 천신의 소식을 전하며 기뻐하지만,

차갑게 떨리는 내 가슴속에서는 영혼을 되살리는 태양이

서늘하게, 두려움 없이 동튼다, 마치 밤의 한 갈래처럼,

아! 허무하고 공허하구나, 감옥의 벽 같은 하늘이

내 머리 위로 늘어진 추처럼 매달린 모습이!

Glänzenden Auges doch auch saßen an seeligem Tisch',

Aber übersättiget bald, die schwärmenden Gäste,

Nun verstummet, und nun, unter der Lüfte Gesang,

Unter blühender Erd' entschlafen sind, bis dereinst sie

Eines Wunders Gewalt sie, die Versunkenen, zwingt.

Wiederzukehren, und neu auf grünendem Boden zu wandeln. —

Heiliger Othem durchströmt göttlich die lichte Gestalt,

Wenn das Fest sich beseelt, und Fluthen der Liebe sich regen,

Und vom Himmel getränkt, rauscht der lebendige Strom,

Wenn es drunten ertönt, und ihre Schäze die Nacht zollt,

Und aus Bächen herauf glänzt das begrabene Gold. —

7

Aber o du, die schon am Scheidewege mir damals.

Da ich versank vor dir, tröstend ein Schöneres wies,

Du, die Großes zu sehn, und froher die Götter zu singen,

Schweigend, wie sie, mich einst stille begeisternd gelehrt;

Götterkind! erscheinest du mir, und grüßest, wie einst, mich,

Redest wieder, wie einst, höhere Dinge mir zu?

Siehe! weinen vor dir, und klagen muß ich, wenn schon noch.

Denkend edlerer Zeit, dessen die Seele sich schämt.

Denn so lange, so lang auf matten Pfaden der Erde

6

이전의 나는 달리 보았었다! 오 젊음이여, 수많은 기도로도
너를 두 번 다시 찾을 수 없는가? 돌아가는 길은 영영 없
　　는가?
역시 나의 운명도, 옛 시간, 신을 몰랐던 자들과 같아지는가
빛나는 눈으로 기쁨의 식탁에 앉아 있었음에도
곧 너무 많은 음식에 질려버린, 열광하던 객客들이
머지않아 침묵에 들고, 이제는 바람의 노랫소리 아래
꽃피는 대지 아래 잠들어 버린 자들처럼, 그러나 언젠가
어떤 기적의 힘이 그 은몰된 자들을 강제로 일깨워
돌아오도록, 푸르게 피어나는 땅 위를 새로이 거닐도록 할
　　것이다. ㅡ
성스러운 숨결이 그 빛나는 형상 위로 신처럼 흐를 때,
축제가 그 영혼을 되살리고 사랑의 급류가 움직일 때,
이제 하늘의 물 머금고서 살아 있는 물길이 굽이칠 때,
저 아래에서 웅장한 소리 울리고, 밤이 이윽고 그 보물을
　　꺼낼 때,
이제껏 파묻혀 있던 황금이 냇물 위로 드러나 반짝일 때. ㅡ

7

하지만 너는, 갈림길에 이르러 내가 네 앞에서
무너졌던 그때, 위로하며 더 큰 아름다움 가리키던 너는,

Hab' ich, deiner gewohnt, dich in der Irre gesucht,

Freudiger Schuzgeist! aber umsonst, und Jahre zerrannen,

Seit wir ahnend um uns glänzen die Abende sahn.

8

Dich nur, dich erhält dein Licht, o Heldinn! im Lichte,

Und dein Dulden erhält hebend, o Gütige, dich;

Und nicht einmal bist du allein; Gespielen genug sind,

Wo du blühest und ruhst unter den Rosen des Jahrs;

Und der Vater, er selbst, durch sanftumathmende Musen

Sendet die zärtlichen Wiegengesänge dir zu.

Ja! noch ist sie es ganz! noch schwebt vom Haupte zur Sohle,

Stillherwandelnd, wie sonst, mir die Athenerinn vor.

Und wie, freundlicher Geist! von heitersinnender Stirne

Seegnend und sicher dein Stral unter die Sterblichen fällt;

So bezeugest du mir's, und sagst mir's, daß ich es andern

Wiedersage, denn auch Andere glauben es nicht,

Daß unsterblicher doch, denn Sorg' und Zürnen, die Freude

Und ein goldener Tag täglich am Ende noch ist.

더 큰 것을 보라고, 더 기쁘게 신들을 노래하라고,

신들처럼 침묵하면서, 내게 고요한 신들림을 가르쳐주었다.

신들의 딸이여! 다시 한번 예전처럼 나타나 나를 반기고

다시 한번 내게 더 높은 것들 말해주려는가?

보라! 네 앞에서 나는 눈물과 비탄을 쏟아야 하건만,

고귀했던 시간을 생각하면 내 영혼은 부끄러워지는구나.

오래, 너무도 오래 대지의 흐린 길들 위에서

네게 익숙해진 내 마음은 너를 찾으며 길을 잃었다,

기쁨의 수호천사여! 그러나 헛되도다, 우리 마지막으로 함께

빛나는 저녁놀을 본 이후로 여러 해가 부스러졌구나.

8

너의 빛, 오직 너만을 지키는 빛이로다, 영웅이여!

빛 속에서 너의 인내가 너를 지키노니, 축복받은 이여,

너 홀로 있는 것 아니니, 여러 벗과 노닐라.

올해의 장미 덤불 아래에서 피어나고 또 쉬면서,

아버지 신께서 몸소, 향기롭게 숨 쉬는 뮤즈들 편에

달콤한 자장가를 너에게 보내주실 테니.

그렇다, 그녀는 아직 온전하다! 머리부터 발끝까지,

조용하게 거니는 모습이 눈앞에 선하다, 아테네 여인이여.

생생하다, 따뜻한 정령이여! 맑은 생각을 품은 이마로부터

네 축복의 빛줄기가 필멸자들 위로 떨어진다.

So will ich, ihr Himmlischen! denn auch danken, und endlich

Athmet aus leichter Brust wieder des Sängers Gebet.

Und wie, wenn ich mit ihr, auf sonniger Höhe mit ihr stand,

Spricht belebend ein Gott innen vom Tempel mich an.

Leben will ich denn auch! schon grünt's! wie von heiliger Leier

Ruft es von silbernen Bergen Apollons voran!

Komm! es war wie ein Traum! Die blutenden Fittige sind ja

Schon genesen, verjüngt leben die Hoffnungen all.

Großes zu finden, ist viel, ist viel noch übrig, und wer so

Liebte, gehet, er muß, gehet zu Göttern die Bahn.

Und geleitet ihr uns, ihr Weihestunden! ihr ernsten,

Jugendlichen! o bleibt, heilige Ahnungen, ihr

Fromme Bitten! und ihr Begeisterungen und all ihr

Guten Genien, die gerne bei Liebenden sind;

Bleibt so lange mit uns, bis wir auf gemeinsamem Boden

Dort, wo die Seeligen all niederzukehren bereit,

Dort, wo die Adler sind, die Gestirne, die Boten des Vaters,

Dort, wo die Musen, woher Helden und Liebende sind,

Dort uns, oder auch hier, auf thauender Insel begegnen,

Wo die Unsrigen erst, blühend in Gärten gesellt.

Wo die Gesänge wahr, und länger die Frühlinge schön sind,

그렇게 너는 내게 내보이고, 말해주는구나, 내가

다른 이들에게 전하도록, 하지만 그들은 믿지 않는다,

근심과 분노를 이기는 불멸의 기쁨이,

황금의 날이, 실은 매일의 끝에 있음을.

9

그러니 너희 천신들이여! 나는 감사한다, 이제 드디어

한결 가벼워진 가슴으로 가인의 기도는 숨을 쉰다.

마치 그녀와 함께 햇살 가득한 산정에 서 있던 때처럼

내면의 신전에서 어느 신이 내게 말과 힘을 건넨다.

이제 나는 살아가려 한다! 벌써 푸르러진다! 성스러운 현
　　금弦琴처럼

아폴론 신의 은빛 산맥들이 내게 다가오라 부르는도다!

오라! 마치 꿈과 같았구나! 피 흘리던 날개들은

이미 아물었고, 젊음을 되찾은 희망들도 살아났다.

위대함을 찾기 위해 행한 많은 일들, 허나 아직도 많은 위
　　대함이 남아 있다,

그처럼 사랑했던 자라면, 떠나가야 하는 법이다, 그의 길은
　　신들에게로 향한다.

우리를 이끌어다오, 성스러운 시간들이여! 신실한

젊음의 시간들이여! 곁에 머물러다오, 신성한 예감들이여,

경건한 소원들이여! 연인들 곁에 머무르는 너희

Und von neuem ein Jahr unserer Seele beginnt.

모든 신들린 순간들, 모든 좋은 정령들이여,

우리가 같은 땅을 밟고 설 때까지 곁에 있어다오,

모든 복자들이 기꺼이 무릎 꿇는 그곳,

독수리들이 머무는 그곳, 별들과 아버지의 전령들이 있는
　　그곳,

영웅들과 연인들의 고향인 그곳, 뮤즈들이

그곳에서, 아니면 여기에서도, 이슬비 내리는 섬에서 우리
　　와 마주하니,

그곳에서 우리는 꽃을 피우며 정원에 모이는도다,

그곳에서 노래들은 진실하고, 봄들은 더 오래도록 아름다
　　우며,

우리 영혼은 한 해를 새로이 시작하는도다.

Der Adler

Mein Vater ist gewandert, auf dem Gotthard,

Da wo die Flüsse, hinab,

Wohl nach Hetruria seitwärts,

Und des geraden Weges

Auch über den Schnee,

Zu dem Olympos und Hämos

Wo den Schatten der Athos wirft,

Nach Höhlen in Lemnos.

Anfänglich aber sind

Aus Wäldern des Indus

Starkduftenden

Die Eltern gekommen.

Der Urahn aber

Ist geflogen über der See

Scharfsinnend, und es wunderte sich

Des Königes goldnes Haupt

Ob dem Geheimniß der Wasser,

Als roth die Wolken dampften

독수리

나의 아버지는 걸었다, 고타르트 준령[36]을

강들이 아래를 향하는 그곳,

또 옆으로 에트루리아[37]를 향하는 곳,

곧은 길을 따르며

눈밭을 지나

올림포스와 해모스[38]를 향하는 곳

렘노스섬의 동굴들[39] 향하여

아토스산이 그림자를 던지는 곳을.

그러나 처음에는

인더스강의 숲들

향기로운 숲들로부터

나의 부모는 왔다.

그러나 시조始祖는

바다 위를 날아서 건넜다

날카로운 생각을 품으며, 그러자

왕의 황금빛 머리는

물들의 비밀을 놀라워했다,

돛단배 너머로 구름이 붉게 일고

Über dem Schiff und die Thiere stumm

Einander schauend

Der Speise gedachten, aber

Es stehen die Berge doch still,

Wo wollen wir bleiben?

Der Fels ist zu Waide gut,

Das Trokne zu Trank.

Das Nasse aber zu Speise.

Will einer wohnen,

So sei es an Treppen,

Und wo ein Häuslein hinabhängt

Am Wasser halte dich auf.

Und was du hast, ist

Athem zu hohlen.

Hat einer ihn nemlich hinauf

Am Tage gebracht,

Er findet im Schlaf ihn wieder.

Denn wo die Augen zugedekt,

Und gebvinden die Füße sind,

Da wirst du es finden.

짐승들이 침묵 속에
서로를 노려보며
먹이를 생각할 때, 그러나
산들은 저리도 고요하니,
우리 어디에 머물런가?

암벽은 가축을 놓아 기르기 좋고,
마른 것은 마시기에 좋다.
또 젖은 것은 먹기에 좋다.
살고자 한다면,
계단 위에서 그리하라,
작은 집 하나 떨어질 듯
물가에 매달렸다면, 그곳에 머무르라.
네게 주어진 것은
숨을 가져오는 일이다.
만일 낮 동안
숨을 높은 곳에 올려두었다면
잠 속에서 다시 찾게 되리.
눈들은 가려지고,
발들은 묶인 곳에서,
너는 그것을 찾으리라.[40]

2부

찬가

Hälfte des Lebens

Mit gelben Birnen hänget

Und voll mit wilden Rosen

Das Land in den See,

Ihr holden Schwäne,

Und trunken von Küssen

Tunkt ihr das Haupt

Ins heilignüchterne Wasser.

Weh mir, wo nehm ich, wenn

Es Winter ist, die Blumen, und wo

Den Sonnenschein,

Und Schatten der Erde?

Die Mauern stehn

Sprachlos und kalt, im Winde

Klirren die Fahnen.

생의 절반

노란 배들이 열리고
야생 장미로 가득한 대지는
호수 안을 향해 몸을 내민다,
너희 사랑스러운 백조들아,
입맞춤에 취해 있던 너희는
이제 깨어남의 성수에
고개를 담그는구나.

가엾어라, 겨울이 오면
나는 어디에서 꽃들을, 또
햇볕을, 그리고 어느
대지의 그림자를 취하면 좋으랴?
성벽들은 말이 없고
차갑게 서 있을 뿐, 불어오는 바람 속에
깃발들이 삐걱이네.

Wie wenn am Feiertage…

Wie wenn am Feiertage, das Feld zu sehn

Ein Landmann geht, des Morgens, wenn

Aus heißer Nacht die kühlenden Blize fielen

Die ganze Zeit und fern noch tönet der Donner,

In sein Gestade wieder tritt der Strom,

Und frisch der Boden grünt

Und von des Himmels erfreuendem Reegen

Der Weinstok trauft und glänzend

In stiller Sonne stehn die Bäume des Haines:

So stehn sie unter günstiger Witterung

Sie die kein Meister allein, die wunderbar

Allgegenwärtig erzieht in leichtem Umfangen

Die mächtige, die göttlichschöne Natur.

Drum wenn zu schlafen sie scheint zu Zeiten des Jahrs

Am Himmel oder unter den Pflanzen oder den Völkern

So trauert der Dichter Angesicht auch,

Sie scheinen allein zu seyn, doch ahnen sie immer.

마치 축일을 맞이하여…

마치 축일을 맞이하여, 밭을 보려는 마음에

아침 녘에 땅을 일구는 남자가 집을 나서듯,

뜨거운 밤의 품에서 시원한 번개들이 떨어진 후

멈출 줄 모르고 아직도 저 멀리 우레가 울릴 때,

농부의 도랑에 다시 물길이 굽이쳐 들고,

땅이 싱그럽게 초록으로 물들 때

기쁨을 주는 하늘의 빗줄기로

포도 넝쿨에 물이 방울져 빛날 때

숲의 나무들이 조용한 햇빛 아래 서 있을 때처럼.

그렇게 그들은 좋은 바람을 얻은 채로 서 있네,

어떤 스승도 혼자서는 그들을 가르치지 못하니,

기적같이, 어디에서나 곁을 가벼이 감싸는

강대하고 신처럼 아름다운 자연만이 그들을 길러내네.

그렇기에 한 해의 절기에 따라 잠든 듯 보일지라도

하늘을 향해서든, 초목과 민중 가운데서든

그 시인들의 얼굴은 슬픔에 잠겨 있으니,

혼자인 듯싶어도, 오히려 예감을 멈추지 않는 것.

Denn ahnend ruhet sie selbst auch.

Jezt aber tagts! Ich harrt und sah es kommen,

Und was ich sah, das Heilige sei mein Wort.

Denn sie, sie selbst, die älter denn die Zeiten

Und über die Götter des Abends und Orients ist,

Die Natur ist jezt mit Waffenklang erwacht.

Und hoch vom Aether bis zum Abgrund nieder

Nach vestem Geseze, wie einst, aus heiligem Chaos gezeugt,

Fühlt neu die Begeisterung sich,

Die Allerschaffende wieder.

Und wie im Aug' ein Feuer dem Manne glänzt,

Wenn hohes er entwarf; so ist

Von neuem an den Zeichen, den Thaten der Welt jezt

Ein Feuer angezündet in Seelen der Dichter.

Und was zuvor geschah, doch kaum gefühlt,

Ist offenbar erst jezt,

Und die uns lächelnd den Aker gebauet,

In Knechtsgestalt, sie sind erkannt.

Die Allebendigen, die Kräfte der Götter.

›

예감하면서 그 스스로도 쉬고 있기 때문이네.

하지만 이제는 대낮이로다! 버틴 끝에 나 다가옴을 보았으니,
나는 보았네, 신성한 것이 내 말이 되리라고.
다름 아닌 그녀가, 뭇 시간들보다도 오래된 그녀
서방과 동방의 신들보다도 높은 곳에 있는 그녀가,
바로 그녀, 자연이 이제 칼날을 부딪치며 깨어났으니,
위로는 에테르부터 아래로는 심연에 이르기까지
굳건한 법칙을 따라, 태초에 그랬듯 신성한 혼돈에서 태어난
신들림은 스스로를 새로이 느끼네,
만물을 창조하는 그녀는, 다시금 느끼네.

남자가 높은 것을 그렸을 적에
그 눈 속에서 불꽃 하나가 번뜩이듯이,
다시 한번 세계의 징표들, 행위들을 보고 이제
시인들의 영혼 속에는 불길이 일어나네.
예전에 벌어진 일, 그러나 느껴진 적 없던 일이
이제서야 훤히 드러나네,
웃으며 우리의 밭을 일궈주던 이들,
하인 행세를 하던 그들이 이제 밝혀졌으니
만물의 생명이오, 신들의 권능이라.

›

Erfrägst du sie? im Liede wehet ihr Geist

Wenn es der Sonne des Tags und warmer Erd

Entwächst, und Wettern, die in der Luft, und andern

Die vorbereiteter in Tiefen der Zeit,

Und deutungsvoller, und vernehmlicher uns

Hinwandeln zwischen Himmel und Erd und unter den Völkern.

Des gemeinsamen Geistes Gedanken sind,

Still endend in der Seele des Dichters,

Daß schnellbetroffen sie, Unendlichem

Bekannt seit langer Zeit, von Erinnerung

Erbebt, und ihr, von heilgem Stral entzündet,

Die Frucht in Liebe geboren, der Götter und Menschen Werk

Der Gesang, damit er beiden zeuge, glükt.

So fiel, wie Dichter sagen, da sie sichtbar

Den Gott zu sehen begehrte, sein Bliz auf Semeies Haus

Und die göttlichgetroffne gebahr.

Die Frucht des Gewitters, den heiligen Bacchus.

Und daher trinken himmlisches Feuer jezt

Die Erdensöhne ohne Gefahr.

Doch uns gebührt es, unter Gottes Gewittern,

너 그들에게 물으려는가? 노래 속에 그들의 정신이 나부끼니
낮의 태양과 따뜻한 대지에 의지하여 노래가
자라날 때, 여러 날씨에 의지할 때, 그것은 공기 중에,
간혹 더 무르익은 것들은 시간의 심연 속에서
해석으로 가득 차, 우리의 귀가 지득하기 쉽도록
하늘과 땅 사이를 오가는 것들, 민중 가운데
공통의 정신이 떠올린 사상들이니,
시인의 영혼 속에서 조용히 끝을 맞이하는도다,

찰나에 적중된 그의 영혼은, 예로부터
무한자에게는 익히 알려진 것, 기억으로
몸을 떨고, 그 안에서 신성한 빛의 줄기로 불붙어
사랑이 맺은 열매가 태어나니, 바로 신들과 인간의 작품인
노래가, 둘 모두를 탄생시키기 위하여 완성되는 것이다.
이와 같이 시인들 스스로 말하듯, 두 눈으로
신을 보고자 욕망했던 곳에서는, 신의 뇌우가 세멜레[41]의
　　집에 떨어지며
신에게 적중된 자를 낳은 것이니,
폭풍이 맺은 열매, 신성한 바쿠스를.

그리하여 이제 천상의 불길을
대지의 아들들은 위험 없이 들이켜노라.

Ihr Dichter! mit entblößtem Haupte zu stehen

Des Vaters Stral, ihn selbst, mit eigner Hand

Zu fassen und dem Volt ins Lied

Gehüllt die himmlische Gaabe zu reichen.

Denn sind nur reinen Herzens,

Wie Kinder, wir, sind schuldlos unsere Hände,

Des Vaters Stral, der reine versengt es nicht

Und tieferschüttert, die Leiden des Stärkeren

Mitleidend, bleibt in den hochherstürzenden Stürmen

Des Gottes, wenn er nahet, das Herz doch fest.

Doch weh mir! wenn von

Weh mir!

*

Und sag ich gleich.

Ich sei genaht, die Himmlischen zu schauen,

그렇지만 신의 폭풍우 아래가 바로 우리의 자리로다,
너희 시인들이여! 헐벗은 머리로 우두커니 서서,
아버지가 내리는 빛의 줄기 그 자체를 우리 손으로
움켜쥐어, 민중을 향한 노래 안에
감추어 천상의 은총을 넘겨주는 일이다.
우리는 순수한 심장을 가졌을 뿐,
아이들 같을 뿐, 우리의 손은 무고하네,

아버지의 빛, 그 순수한 빛은 우리 심장을 그슬리지 않네
그리고 깊이 전율하며, 강자의 고통을
함께 아파해도, 높은 곳에서 우르르 내리는 폭풍 속에서
신이 다가올 때, 그 폭풍 속에서도 우리 심장은 굳세네.
하지만 내 재앙이로다, 만일

내 재앙이로다!

나 이렇게 말한다면,

›

Sie selbst, sie werfen mich tief unter die Lebenden

Den falschen Priester, ins Dunkel, daß ich

Das warnende Lied den Gelehrigen singe.

Dort

천상의 자들을 보려고 가까이 갔다 말한다면,

그들이 직접 나를 산 자들 가운데로 던져 넣으리니,

가짜 신관을 어둠 속으로 던져 넣으리니, 그리하여 내가

학자들에게 경고의 노래를 부르게 하기 위하여,

그곳에서

Andenken

Der Nordost wehet,

Der liebste unter den Winden

Mir, weil er feurigen Geist

Und gute Fahrt verheißet den Schiffern.

Geh aber nun und grüße

Die schöne Garonne,

Und die Gärten von Bourdeaux

Dort, wo am scharfen Ufer

Hingehet der Steg und in den Strom

Tief fällt der Bach, darüber aber

Hinschauet ein edel Paar

Von Eichen und Silberpappeln;

Noch denket das mir wohl und wie

Die breiten Gipfel neiget

Der Uhnwald, über die Mühl',

Im Hofe aber wächset ein Feigenbaum.

An Feiertagen gehn

추억

북동풍이 불어온다,
모든 바람 중에서 너를
나는 가장 사랑하니, 불같은 정신과
좋은 항해를 뱃사람들에게 약속하기에.
그러나 이제 가거라, 어서
아름다운 가론강에게,
보르도의 정원들에게 안부를 전해다오
그곳, 깎아지른 강변에
다리가 지나가고, 물살 속으로
시냇물 깊게 떨어지는 곳으로, 그 너머
한 쌍의 귀한 형상들
참나무와 백양목이 서 있는 곳으로.

아직도 그 모습 훤히 떠오르는구나.
두터운 산정들과
느릅나무 숲이 물레방앗간 위로 몸을 숙이고,
뜰 앞에는 무화과나무 하나 자라고 있다.
축일이면

Die braunen Frauen daselbst

Auf seidnen Boden,

Zur Märzenzeit,

Wenn gleich ist Nacht und Tag,

Und über langsamen Stegen,

Von goldenen Träumen schwer,

Einwiegende Lüfte ziehen.

Es reiche aber,

Des dunkeln Lichtes voll,

Mir einer den duftenden Becher,

Damit ich rahen möge; denn süß

Wär' unter Schatten der Schlummer.

Nicht ist es gut,

Seellos von sterblichen

Gedanken zu seyn. Doch gut

Ist ein Gespräch und zu sagen

Des Herzens Meinung, zu hören viel

Von Tagen der Lieb',

Und Thaten, welche geschehen.

Wo aber sind die Freunde? Bellarmin

갈색의 여인들이 몸소
비단 같은 땅을 밟고 가며,
삼월의 날에,
밤과 낮이 서로 같아지는 때에,
느릿한 다리 위로는
황금의 꿈으로 무거워진
잠을 머금은 공기 지나가네.

이제 누군가 내게
어두운 빛으로 가득 찬
향기로운 잔을 건네다오,
나 쉴 수 있도록, 그늘 아래
잠들 수 있다면 달콤할 테니.
좋지 않구나,
필멸의 생각들로
영혼을 버리는 것은. 허나
말을 나눔은 좋구나, 가슴에
담아둔 것을 말하는 일, 사랑의
날들에 대해, 예전에 있었던
일들에 대해, 많이 듣는 일도 좋구나.

그러나 친구들은 어디 있는가? 벨라민[42]과

Mit dem Gefährten? Mancher

Trägt Scheue, an die Quelle zu gehn;

Es beginnet nämlich der Reichtum

Im Meere. Sie,

Wie Mahler, bringen zusammen

Das Schöne der Erd' und verschmähn

Den geflügelten Krieg nicht, und

Zu wohnen einsam, jahrlang, unter

Dem entlaubten Mast, wo nicht die Nacht durchglänzen

Die Feiertage der Stadt,

Und Saitenspiel und eingeborener Tanz nicht.

Nun aber sind zu Indiern

Die Männer gegangen.

Dort an der luftigen Spiz'

An Traubenbergen, wo herab

Die Dordogne kommt.

Und zusammen mit der prächt'gen

Garonne meerbreit

Ausgehet der Strom. Es nehmet aber

Und giebt Gedächtniß die See,

Und die Lieb' auch heftet fleißig die Augen,

그 동료는 어디 있는가? 어떤 이들은
원류를 찾아가는 일을 피한다.
과연 부富가 시작되는 곳은
바다이기에. 그들은
마치 화가처럼, 대지의
아름다움을 한데 모으면서도
날개 달린 전쟁을 거부하지 않으니,
외로운 삶을 마다 않는 자들이다, 여러 해를
이파리 없는 돛대 밑에서, 도시의 축일이
밤을 온통 찬란하게 하는 일도 없고,
현악도, 타고난 춤사위도 없는 곳에서 사는구나.

하지만 이제 남자들은
인도를 향해 떠나버렸다,
저기 포도가 자라는 산들의
시원한 꼭대기에서,
도르도뉴강이 내려오는 곳에서,
장대한 가론강과 합쳐지며
넓은 바다를 향해
물살이 흐르는 곳에서. 대양은
기억을 주기도, 빼앗기도 하고 또
사랑은 부단히도 눈길을 당기지만,

Was bleibet aber, stiften die Dichter.

오래 남는 것은 오직 시인들이 세우네.

Mnemosyne

Ein Zeichen sind wir, deutungslos

Schmerzlos sind wir und haben fast

Die Sprache in der Fremde verloren.

Wenn nemlich über Menschen

Ein Streit ist an dem Himmel und gewaltig

Die Monde gehn, so redet

Das Meer auch und Ströme müssen

Den Pfad sich suchen. Zweifellos

Ist aber Einer. Der

Kann täglich es ändern. Kaum bedarf er

Gesez. Und es tönet das Blatt und Eichbäume wehn dann neben

Den Firnen. Denn nicht vermögen

Die Himmlischen alles. Nemlich es reichen

Die Sterblichen eh' an den Abgrund. Also wendet es sich, das Echo

Mit diesen. Lang ist

Die Zeit, es ereignet sich aber

Das Wahre.

›

므네모쉬네[43]

우리는 하나의 문자, 해석도 없고

고통도 없어, 그동안

낯선 땅에서 거의 말을 잃었네.

하여 인간을 두고

하늘에서 싸움이 벌어질 때, 난폭한

달들이 움직일 때, 바다조차도

말을 하지만, 또한 강들은

나아갈 길을 스스로 찾아야 하는 것이니. 그러나

의심 없는 자 하나 있다. 그라면

매일 이를 변화시킬 수 있다. 조금의 법도

필요치 않다. 이제 이파리가 울리고 참나무는

설산 앞에서 바람에 흔들린다. 그 까닭은

천신들마저도 불가능한 일이 있기에, 또 필멸자들은

결국 나락 앞에 이르기 때문이다. 그렇기에 메아리는

필멸자들과 함께 되돌아오는 것이다. 시간은

길다, 그러나 이루어지는 것은

진리로다.

›

Wie aber liebes? Sonnenschein

Am Boden sehen wir und trokenen Staub

Und tief mit Schatten die Wälder und es blühet

An Dächern der Rauch, bei alter Krone

Der Thürme, friedsam; und es girren

Verloren in der Luft die Lerchen und unter dem Tage waiden

Wohlangeführt die Schaafe des Himmels.

Und Schnee, wie Majenblumen

Das Edelmüthige, wo

Es seie, bedeutend, glänzet mit

Der grünen Wiese

Der Alpen, hälftig, da gieng

Vom Kreuze redend, das

Gesezt ist unterwegs einmal

Gestorbenen, auf der schroffen Straß

Ein Wandersmann mit

Dem andern, aber was ist diß?

Am Feigenbaum ist mein

Achilles mir gestorben,

Und Ajax liegt

An den Grotten, nahe der See,

하지만 사랑은 어떠한가? 우리 바닥에

떨어진 햇살과 마른 먼지와

그림자 속에 깊이 잠긴 숲들을 보고

꽃처럼 지붕 위로 피어나는 연기는, 탑들의

왕관 곁에 이르러 평화롭다. 허공에서

노간주나무가 갈데없이 속삭이고 대낮의 햇살 아래

풀을 뜯는 하늘의 양떼들은 좋은 목자가 이끈다.

그리고 눈[雪]은 오월의 꽃들처럼

고귀한 마음,

있는 곳마다 의미를 머금고,

알프스의 푸른 풀밭과

절반의 광채를 나누니, 이때

지나가면서, 한 번 죽었던 자들이

길을 갈 때 짊어져야 하는 십자가를

이야기하던, 가파른 길 위의

방랑자는 친구와 함께

말을 나누었건만, 이는 과연 무엇인가?

무화과나무 아래에서 나의

아킬레스는 죽어버렸네,

그리고 아약스⁴⁴는

동굴 곁에 묻혀 있네, 바다 가까운 곳에,

An Bächen, benachbart dem Skamandros.

Vom Genius kühn ist bei Windessausen, nach

Der heimatlichen Salamis süßer

Gewohnheit, in der Fremd'

Ajax gestorben

Patroklos aber in des Königes Heimisch. Und es starben

Noch andere viel. Mit eigener Hand

Viel traurige, wilden Muths, doch göttlich

Gezwungen, zulezt, die anderen aber

Im Geschike stehend, im Feld. Unwillig nemlich

Sind Himmlische, wenn einer nicht die Seele schonend sich

Zusammengenommen, aber er muß doch; dem

Gleich fehlet die Trauer.

냇물 곁에, 스카만드로스[45]와 이웃한 곳에.

정령에 들러 대담하게 바람을 맞으면서,

고향 살라미스[46]의 달콤한

풍습을 따라서, 낯선 곳에서

아약스는 죽었네,

또 파트로클로스[47]는 왕의 갑주를 입은 채로. 그리고

또 다른 이들도 숱하게 죽었네. 많은 슬픈 이들이

스스로의 손으로, 또 광포해진데다

신의 강압이 더해져 죽었고, 다른 이들은

운명 속에 선 채로, 싸움터에서 죽었네. 이는

영혼을 아끼지 않으면서 뛰어드는 자가 있을 때

천신들이 꺼리기 때문이나, 피할 수는 없네.

그런 자에게는 슬픔이 주어지지 않네.

Patmos

dem Landgrafen von Homburg

Nah ist

Und schwer zu fassen der Gott.

Wo aber Gefahr ist, wächst

Das Rettende auch.

Im Finstern wohnen

Die Adler und furchtlos gehn

Die Söhne der Alpen über den Abgrund weg

Auf leichtgebaueten Brüken.

Drum, da gehäuft sind rings

Die Gipfel der Zeit, und die Liebsten

Nah wohnen, ermattend auf

Getrenntesten Bergen,

So gib unschuldig Wasser,

O Fittige gib uns, treuesten Sinns

Hinüberzugehn und wiederzukehren.

So sprach ich, da entführte

Mich schneller, denn ich vermutet

파트모스⁴⁸

홈부르크 방백⁴⁹에게

가까우나

신은 붙잡기 어렵도다.

그러나 위험이 도사린 곳에

구원의 약초 역시 자라는 법.

어둠 속에서도

독수리들은 살아가고, 무서움을 모르는

알프스의 자식들은 심연 위

가볍게 지은 다리를 건너네.

그렇기에, 주위에 솟아오른

시간의 봉우리들이 있기에, 사랑하는 이들이

가까우나,⁵⁰ 서로 너무나 먼 산속에서

힘겹게 살아가기에,

죄 없는 물을 내리소서,

오 우리에게 날개를 내리소서, 온 마음 다해

서로에게 건너가고 다시 돌아올 수 있도록.

내가 이렇게 말했을 때, 갑자기

생각보다도 더욱 빠르게, 낚아채듯

Und weit, wohin ich nimmer

Zu kommen gedacht, ein Genius mich

Vom eigenen Haus'. Es dämmerten

Im Zwielicht, da ich ging

Der schattige Wald

Und die sehnsüchtigen Bäche

Der Heimat; nimmer kannt' ich die Länder;

Doch bald, in frischem Glanze,

Geheimnisvoll

Im goldenen Rauche, blühte

Schnellaufgewachsen,

Mit Schritten der Sonne,

Mit tausend Gipfeln duftend,

Mir Asia auf, und geblendet sucht'

Ich eines, das ich kennete, denn ungewohnt

War ich der breiten Gassen, wo herab

Vom Tmolus fährt

Der goldgeschmückte Paktol

Und Taurus stehet und Messogis,

Und voll von Blumen der Garten,

Ein stilles Feuer; aber im Lichte

아주 멀리, 한 번도 상상치 못한

장소로, 어느 정령이 나를 내 집에서

그곳으로 홀연히 데려갔다. 노을 속

지나가는 길 눈을 드니 어둑어둑한

고향의

그림자 가득한 숲과

그리움으로 찬 냇물, 내가 모르는 땅 되어,

하지만 곧 신선한 광채 속에서,

비밀스럽게

황금빛 도취 속에서 피어나며

빠르게 자라나던,

태양의 걸음걸이에 맞추어

수천의 봉우리로 향기롭던,

아시아[51]가 내 눈앞에 만개했으니, 부신 눈으로

낯익은 것을 찾아보았노라, 일찍이

본 적 없는 그 넓은 길로부터

트몰루스산[52]을 따라

황금으로 꾸민 팍톨루스강[53]이 흐르고

타우루스 산맥[54]과 메소기스산[55]이 우뚝 섰으며,

꽃들로 가득한 정원은

조용히 타오르는 불꽃, 빛이 머무는 곳에는

Blüht hoch der silberne Schnee;

Und Zeug unsterblichen Lebens

An unzugangbaren Wänden

Uralt der Efeu wächst und getragen sind

Von lebenden Säulen, Zedern und Lorbeern

Die feierlichen,

Die göttlichgebauten Palläste.

Es rauschen aber um Asias Tore

Hinziehend da und dort

In ungewisser Meeresebene

Der schattenlosen Straßen genug,

Doch kennt die Inseln der Schiffer.

Und da ich hörte

Der nahegelegenen eine

Sei Patmos,

Verlangte mich sehr,

Dort einzukehren und dort

Der dunkeln Grotte zu nahn.

Denn nicht, wie Cypros,

Die quellenreiche, oder

Der anderen eine

은빛 만년설 드높이 만개하고,
불멸의 삶을 감싸는 옷자락은
감히 닿을 수 없는 암벽에 드리우니
고대로부터 기어오르는 넝쿨들.
살아 있는 돌기둥, 물푸레와 월계수가
떠받치는, 그 장려한,
신들이 지은 듯한 궁전들.

여기 아시아의 문턱 앞에
이리저리 어지러이
불확실한 바다의 평지 위에
그림자도 없는 길들 무수하게 펼쳐지나,
뱃사람은 섬들을 잘 알고 있구나.
근처에 떠 있는 섬 중 하나가
파트모스라는 말이
내 귀에 들렸을 때,
그 섬으로 들어가
어두운 동굴을 보고픈
마음이 크게 동했노라.
이유인즉, 많은 샘물을 품은
키프로스섬과도,
다른 여러 섬들과도 달리

Wohnt herrlich Patmos,

Gastfreundlich aber ist

Im ärmeren Hause

Sie dennoch

Und wenn vom Schiffbruch oder klagend

Um die Heimat oder

Den abgeschiedenen Freund

Ihr nahet einer

Der Fremden, hört sie es gern, und ihre Kinder

Die Stimmen des heißen Hains,

Und wo der Sand fällt, und sich spaltet

Des Feldes Fläche, die Laute

Sie hören ihn und liebend tönt

Es wieder von den Klagen des Manns. So pflegte

Sie einst des gottgeliebten,

Des Sehers, der in seliger Jugend war

Gegangen mit

Dem Sohne des Höchsten, unzertrennlich, denn

Es liebte der Gewittertragende die Einfalt

Des Jüngers und es sahe der achtsame Mann

파트모스의 삶은 위대한 것이니,

그럼에도 객손에게
가난한 집일수록 더욱 친절한
그녀 파트모스이니
배가 난파했거나
고향을 잃었거나
친구를 여의고 비탄에 잠긴
낯선 이 가운데 하나
다가오면, 그녀는 귀 기울여 들어주고, 그녀의 아이들,
뜨거운 숲에서 울려 퍼지는 목소리들,
또한 모래가 떨어지는 곳, 경작지의
표면이 큰 소리 내며 갈라지는 곳에서,
그녀는 그의 목소리를 들어주니, 사랑스럽게
사내의 비탄이 울려 퍼진다. 그렇게
그녀는 한때 신이 사랑한 자를,
예언자를 돌보았으니, 지복한 젊음을 누리던 그를

최고신[56]의 아들 곁을
제자는 떨어지지 않고 걸었으니,
폭풍을 두른 자는 제자의
순수함을 사랑하였고, 사려 깊은 그는

Das Angesicht des Gottes genau,

Da, beim Geheimnisse des Weinstocks, sie

Zusammensaßen, zu der Stunde des Gastmals,

Und in der großen Seele, ruhigahnend den Tod

Aussprach der Herr und die letzte Liebe, denn nie genug

Hatt' er von Güte zu sagen

Der Worte, damals, und zu erheitern, da

Ers sahe, das Zürnen der Welt.

Denn alles ist gut. Drauf starb er. Vieles wäre

Zu sagen davon. Und es sahn ihn, wie er siegend blickte

Den Freudigsten die Freunde noch zuletzt,

Doch trauerten sie, da nun

Es Abend worden, erstaunt,

Denn Großentschiedenes hatten in der Seele

Die Männer, aber sie liebten unter der Sonne

Das Leben und lassen wollten sie nicht

Vom Angesichte des Herrn

Und der Heimath. Eingetrieben war,

Wie Feuer im Eisen, das, und ihnen ging

Zur Seite der Schatte des Lieben.

Drum sandt' er ihnen

신의 얼굴을 세심히 바라보았다.

그때, 포도나무의 신비가 이루어진 때

그들이 모여 앉았던 성찬의 시간에,

묵묵히 죽음을 예감하신 주께서

크나큰 혼으로 마지막 사랑을 설하셨다,

비록 은총을 전부 담기에는,

직시한 세상의 분노를 전부 밝히기에는

언제나 말이 부족했으나.

모두 잘되었다.[57] 그리고 그는 죽었다. 이에 대해 할 수 있는

말은 많으리라. 그가 승리자의 눈으로 바라볼 때, 벗들은

보았노라, 가장 기쁜 자의 마지막 모습을,

그러나 그들은 슬퍼했다, 이제

저녁이 되었으므로, 놀라움에 차서,

이제 제자들은 영혼 속에

큰 결심을 얻었기에, 그런데도 태양 아래의

삶을 사랑했기에

주의 얼굴과

고향의 모습을 놓지 않았다. 그것은 마치

불꽃이 강철에 스며들듯 그들 안에 들었으니,

그들 곁에는 사랑했던 자의 그림자가 함께 걸었다.

그렇기에 그가 그들에게

Den Geist, und freilich bebte

Das Haus und die Wetter Gottes rollten

Ferndonnernd über

Die ahnenden Häupter, da, schwersinnend

Versammelt waren die Todeshelden,

Izt, da er scheidend

Noch einmal ihnen erschien.

Denn izt erlosch der Sonne Tag

Der Königliche und zerbrach

Den geradestrahlenden,

Den Zepter, göttlichleidend, von selbst,

Denn wiederkommen sollt es

Zu rechter Zeit. Nicht wär es gut

Gewesen, später, und schroffabbrechend, untreu,

Der Menschen Werk, und Freude war es

Von nun an,

Zu wohnen in liebender Nacht, und bewahren

In einfältigen Augen, unverwandt

Abgründe der Weisheit. Und es grünen

Tief an den Bergen auch lebendige Bilder,

›

성령을 보낸 것이고, 마땅하게도

신의 집과 폭풍은 우르릉거리며

멀리서 천둥소리로

예감하는 머리들 위로 울린 것이니, 그때, 무거운 생각으로,

죽음의 영웅들이 모여 있던 때에,

이제, 그가 떠나가며

한 번 더 그들 앞에 나타난 것이다.

이제 태양의 날은 꺼져버렸고,

임금다운 자는

신답게 고통받으며,

곧게 빛 발하는 홀笏을 스스로 부수었으니,

올바른 시간이 되면

다시 돌아오리라.

더 늦어서는 안 되었으리라, 갑작스럽고

인간의 세계에 충실한 것이 아니었으리라, 이제부터는

환희만이 계속되리니,

사랑으로 찬 밤 안에 살며, 감기지 않는

맑은 눈에는 지혜의 심연을

간직하리라. 산속 깊은 곳에는

힘찬 상像들이 푸르게 피어나리라,

›

Doch furchtbar ist, wie da und dort

Unendlich hin zerstreut das Lebende Gott.

Denn schon das Angesicht

Der teuern Freunde zu lassen

Und fernhin über die Berge zu gehn

Allein, wo zweifach

Erkannt, einstimmig

War himmlischer Geist; und nicht geweissagt war es, sondern

Die Locken ergriff es, gegenwärtig,

Wenn ihnen plötzlich

Ferneilend zurück blickte

Der Gott und schwörend,

Damit er halte, wie an Seilen golden

Gebunden hinfort

Das Böse nennend, sie die Hände sich reichten —

Wenn aber stirbt alsdenn

An dem am meisten

Die Schönheit hing, daß an der Gestalt

Ein Wunder war und die Himmlischen gedeutet

Auf ihn, und wenn, ein Rätsel ewig füreinander

Sie sich nicht fassen können

하지만 여러 장소에

신이 생명을 무한히 흩어놓은 것은 끔찍하다

귀한 친구들의

얼굴을 두고

저 멀리 산 너머로 가는 일은

외로우니, 각자 두 번

들었더라도,

천신의 음성은 하나로구나. 그것은 예언된 대로가 아니라,

갑자기 머리칼을 움켜쥐듯[58]

현실로 다가왔으니,

쏜살같이 뒤돌아보는

신의 시선 아래 맹세를 나누며,

황금의 밧줄로 결박된 듯한

악惡을 언급하며,

마지막 악수를 나누었다 ―

그러나 그가 죽자,

가장 큰 아름다움으로

겉모습에도 기적이 어렸고

천신들도 모두 가리켰던

그의 죽음이 모두에게 영원한 수수께끼가 되자,

기억 속에 함께 살았던 그들이

Einander, die zusammenlebten

Im Gedächtnis, und nicht den Sand nur oder

Die Weiden es hinwegnimmt und die Tempel

Ergreifft, wenn die Ehre

Des Halbgotts und der Seinen

Verweht und selber sein Angesicht

Der Höchste wendet

Darob, daß nirgend ein

Unsterbliches mehr am Himmel zu sehn ist oder

Auf grüner Erde, was ist dies?

Es ist der Wurf des Säemanns, wenn er faßt

Mit der Schaufel den Weizen,

Und wirft, dem Klaren zu, ihn schwingend über die Tenne.

Ihm fällt die Schale vor den Füßen, aber

Ans Ende kommet das Korn,

Und nicht ein Übel ists, wenn einiges

Verloren gehet und von der Rede

Verhallet der lebendige Laut,

Denn göttliches Werk auch gleichet dem unsern,

Nicht alles will der Höchste zumal.

Zwar Eisen träget der Schacht,

서로를 어루만질 수 없게

되자, 수수께끼가 한낱 사막이나

초원만을 앗아갈 뿐만 아니라 신전까지

덮쳐오자, 반신과

그 무리의 영예가

바람에 휩쓸려 가고, 심지어

최고신도 얼굴을 거두자

하늘에도, 초록의 대지 위에도

하나의 불멸자도 보이지 않으니,

이는 무슨 일인가?

이는 씨 뿌리는 자의 움직임이다, 그가

삽으로 밀 종자를 떠서

탈곡장 위 맑은 공중으로 던지면

그의 발밑에는 기울이 떨어지고

반대쪽에는 씨앗이 모이는 것이니,

비록 그중 몇을 잃어버리더라도

나쁘지 않듯이, 설파된 말의

살아 움직이는 음성이 쇠하는 것도 그러하다,

신이 행하는 일도 우리의 일과 같아,

최고신도 모든 것을 원하지는 않는다.

갱도가 철광석을 품었듯이

Und glühende Harze der Ätna,

So hätt' ich Reichtum,

Ein Bild zu bilden, und ähnlich

Zu schaun, wie er gewesen, den Christ,

Wenn aber einer spornte sich selbst,

Und traurig redend, unterweges, da ich wehrlos wäre

Mich überfiele, daß ich staunt' und von dem Gotte

Das Bild nachahmen möcht' ein Knecht —

Im Zorne sichtbar sah' ich einmal

Des Himmels Herrn, nicht, daß ich sein sollt etwas, sondern

Zu lernen. Gütig sind sie, ihr Verhaßtestes aber ist,

So lange sie herrschen, das Falsche, und es gilt

Dann Menschliches unter Menschen nicht mehr.

Denn sie nicht walten, es waltet aber

Unsterblicher Schicksal und es wandelt ihr Werk

Von selbst, und eilend geht es zu Ende.

Wenn nämlich höher gehet himmlischer

Triumphgang, wird genennet, der Sonne gleich

Von Starken der frohlockende Sohn des Höchsten,

Ein Losungszeichen, und hier ist der Stab

애트나 화산[59]이 작열하는 송진을 품었듯이
나 역시 보물을 품었는가,
하나의 상像, 그리스도의 원래 모습을
비슷하게 보기 위한 보물을.

그러나 누군가 스스로를 부추겨서
침울한 말들로, 무방비로 여행 중인
나를 습격한다면, 하인일 뿐인 내가 감히
신의 경의로운 상을 모사함을 탓할 수도 있으리 —
나는 언젠가 분노로 드러난
하늘의 주인들을 본 적이 있다, 나를 높이기 위해서가 아니라,
배우기 위해서. 천신들은 자비로우나, 그들이 다스리는 한
가장 혐오하는 것은 그릇됨이니, 이는
인간들 사이에서 인간됨이 더는 없을 때를 말하는 것.
그럴 때에 그들은 다스리기를 멈추니, 대신
불멸의 운명이 다스리게 되니, 인간들의 행위는
스스로 바뀌어나가고, 이내 급작스럽게 끝을 맺는다.
하늘에서 승리의 축제가
드높아질수록, 태양과 같은
강자 중에 희열하는 자, 최고신의 아들이 호명되니,

이는 운명의 징표로다, 이것이 곧

Des Gesanges, niederwinkend,

Denn nichts ist gemein. Die Toten wecket

Er auf, die noch gefangen nicht

Vom Rohen sind. Es warten aber

Der scheuen Augen viele

Zu schauen das Licht. Nicht wollen

Am scharfen Strale sie blühn,

Wiewohl den Muth der goldene Zaum hält.

Wenn aber, als

Von schwellenden Augenbraunen

Der Welt vergessen

Stillleuchtende Kraft aus heiliger Schrift fällt, mögen

Der Gnade sich freuend, sie

Am stillen Blicke sich üben.

Und wenn die Himmlischen jetzt

So, wie ich glaube, mich lieben

Wie viel mehr Dich,

Denn Eines weiß ich,

Daß nämlich der Wille

Des ewigen Vaters viel

Dir gilt. Still ist sein Zeichen

아래를 향해 흔들리는 노래의 지팡이가 되니,

모두의 것은 없다. 그는

죽은 자들, 아직 잔인함에

사로잡히지 않은 이들을 일으켜 세운다. 그러나

아직 수많은 눈들이

빛을 보기 위해 두려움 속에 기다린다.

그들은 광휘의 울타리가 마음을 붙들어 주더라도

날카로운 빛줄기 곁에서 피어나지는 않는다.

그러나

차오르는 눈썹들에서

세상을 잊은 것처럼

조용하게 빛나는 힘이 성스러운 책에서 떨어질 때,

은총으로 기뻐하는 그 눈들은

고요한 시선을 연습하리.

이제 천신들이

내가 믿는 만큼 나를 사랑한다면,

그대는 얼마나 더 사랑하겠는가,

한 가지는 확실히 알고 있다,

영원한 아버지의

뜻이 깊게

그대를 향하고 있음을. 천둥 울리는 하늘

Am donnernden Himmel. Und Einer stehet darunter

Sein Leben lang. Denn noch lebt Christus.

Es sind aber die Helden, seine Söhne

Gekommen all und heilige Schriften

Von ihm und den Blitz erklären

Die Thaten der Erde bis izt,

Ein Wettlauf unaufhaltsam. Er ist aber dabei. Denn seine Wer-

   ke sind

Ihm alle bewußt von jeher.

Zu lang, zu lang schon ist

Die Ehre der Himmlischen unsichtbar.

Denn fast die Finger müssen sie

Uns führen und schmählich

Entreißt das Herz uns eine Gewalt.

Denn Opfer will der Himmlischen jedes,

Wenn aber eines versäumt ward,

Nie hat es Gutes gebracht.

Wir haben gedienet der Mutter Erd'

Und haben jüngst dem Sonnenlichte gedient,

Unwissend, der Vater aber liebt,

Der über allen waltet,

아버지의 소리 없는 징표. 어떤 사람은

평생 그 징표 아래를 살아간다. 그리스도는 아직 살아 있기에.

그의 아들들, 영웅들과

성스러운 책들이 모두

그에게서 나왔으니, 번개를 해명하기 위해

지상에서 지금까지 일어난 일을 알리기 위해

벌어지는 끝없는 경쟁이로다. 그는 그 가운데에 있다. 태초

　　부터 이룬 일을

그는 모두 알고 있다.

오래, 너무나 오래

천신들의 영예는 가려져 있었다.

이제 우리 손가락을 잡고

이끌어줘야 할 정도가 되었으니 그 힘은

우리의 마음을 덧없이 찢어버린다.

천신들은 모든 제물을 원하기에,

하나의 제물이라도 빼놓았다면,

좋은 일로 이어진 적 없었다.

예전에 우리 대지모신을 섬겼고

그 후에는 태양빛을 섬겼으나,

아무것도 모른 채였다, 아버지는

만물을 다스리고 사랑하니,

Am meisten, daß gepfleget werde

Der feste Buchstab, und bestehendes gut

Gedeutet. Dem folgt deutscher Gesang.

무엇보다도 확고한 글자를

아끼고, 이미 있는 것을

잘 해석하라. 이를 잇는 것은 독일의 노래.[60]

Der Ister

Jetzt komme, Feuer!

Begierig sind wir

Zu schauen den Tag,

Und wenn die Prüfung

Ist durch die Knie gegangen,

Mag einer spüren das Waldgeschrei.

Wir singen aber vom Indus her

Fernangekommen und

Vom Alpheus, lange haben

Das Schickliche wir gesucht,

Nicht ohne Schwingen mag

Zum Nächsten einer greifen

Geradezu

Und kommen auf die andere Seite.

Hier aber wollen wir bauen.

Denn Ströme machen urbar

Das Land. Wenn nämlich Kräuter wachsen

Und an denselben gehn

이스터강[61]

이제 오라, 불이여!
우리 열망으로
한낮을 보길 원하니,
두 무릎으로
시험을 통과한 자라야,
숲속의 외침을 느끼리라.
하지만 우리 노래하노라 인더스강[62]에서
멀리 도래한 자들로서
알페이오스강[63]에서, 오래도록
명命에 어울리는 곳을 찾았으니,
이리저리 흔들림 없이는
미지를 향해 손을 뻗거나
똑바로
저편으로 건너갈 수 없는 법.
하지만 우리 여기에 짓고자 한다.
물길들이 땅을
일구어주는 곳에. 약초가 자라고
그 곁을 따라

Im Sommer zu trinken die Tiere,

So gehn auch Menschen daran.

Man nennet aber diesen den Ister.

Schön wohnt er. Es brennet der Säulen Laub,

Und regt sich. Wild stehn

Sie aufgerichtet, untereinander; darob

Ein zweites Maß, springt vor

Von Felsen das Dach. So wundert

Mich nicht, daß er

Den Herkules zu Gaste geladen,

Fernglänzend, am Olympos drunten,

Da der, sich Schatten zu suchen

Vom heißen Isthmos kam,

Denn voll des Mutes waren

Daselbst sie, es bedarf aber, der Geister wegen,

Der Kühlung auch. Darum zog jener lieber

An die Wasserquellen hieher und gelben Ufer,

Hoch duftend oben, und schwarz

Vom Fichtenwald, wo in den Tiefen

Ein Jäger gern lustwandelt

Mittags, und Wachstum hörbar ist

여름에 짐승들이 목을 축이러 가면,
인간도 그 곁을 따라 걷는 것이니.

사람들은 이 강을 이스터라 이름한다.
그 거하는 집은 아름답다. 기둥에 매달린 잎은 타오르며,
살아 움직인다. 야생의 기둥들이
서로의 아래에서 몸을 일으키면, 그 위로
두 번째 질서, 벼랑에서 솟은
지붕이 덮인다. 그러므로 나는
놀랍지 않구나, 이 강이
헤라클라스를 빈賓으로 맞이한 일이,
저 멀리, 올림포스 산자락에서 빛나던 강이
그늘을 찾아
무더운 이스트모스산에서 찾아온 그를 맞았음이,
그곳 그늘에도 용기는
가득했으나, 신들의 열기를
식힐 곳이 필요했으리라. 그리하여 영웅은
차라리 이곳 수원水源, 누런 강변까지 걸었으니,
위로는 향기 드높고, 전나무 숲
검게 물든 곳으로, 깊은 골짜기에서는
사냥꾼 하나 즐거이 거니는
정오 속으로, 수액으로 찬 나무들에서

An harzigen Bäumen des Isters,

Der scheinet aber fast

Rückwärts zu gehen und

Ich mein, er müsse kommen

Von Osten.

Vieles wäre

Zu sagen davon. Und warum hängt er

An den Bergen grad? Der andre,

Der Rhein, ist seitwärts

Hinweggegangen. Umsonst nicht gehn

Im Trocknen die Ströme. Aber wie? Ein Zeichen braucht es,

Nichts anderes, schlecht und recht, damit es Sonn

Und Mond trag' im Gemüth', untrennbar,

Und fortgeh, Tag und Nacht auch, und

Die Himmlischen warm sich fühlen aneinander.

Darum sind jene auch

Die Freude des Höchsten. Denn wie käm er

Herunter? Und wie Hertha grün,

Sind sie die Kinder des Himmels. Aber allzugeduldig

Scheint der mir, nicht

Freier, und fast zu spotten. Nämlich wenn

자연의 성장이 들리는 이스터강으로,

그러나 강은 거의
거꾸로 흐르는 듯하고
내 느끼기에, 강은
동쪽에서 흘러온 것만 같다.
이에 대해서
많은 말을 할 수 있으리. 또 저 강은 왜
산맥들을 곧게 따르는가? 다른 강,
라인강은 옆으로 꺾이어
저 멀리 흘러갔거늘. 물길들은
뜻 없이 메마른 땅을 흐르지 않는다. 그러나 어떠한가? 징
  표가 필요하다
다른 것 아닌, 간결하고 올바른 징표, 해와
달을 마음에 담고, 뗄 수 없도록,
멀리 가버리도록, 밤낮을 가리지 않고, 그리하여
천신들이 서로를 따뜻하게 느낄 수 있도록.
그렇기에 그들은 또한
최고신의 기쁨인 것이다. 아니라면 어찌 그가
하강하겠는가? 헤르타[64]처럼 푸르니,
과연 하늘의 자식들이로다. 그러나 강은 지나치게 인내하
  는 듯

›

Angehen soll der Tag

In der Jugend, wo er zu wachsen

Anfängt, es treibet ein anderer da

Hoch schon die Pracht, und Füllen gleich

In den Zaum knirscht er, und weithin hören

Das Treiben die Lüfte,

Ist der zufrieden;

Es brauchet aber Stiche der Fels

Und Furchen die Erd',

Unwirtbar wär es, ohne Weile;

Was aber jener tuet, der Strom,

Weis niemand.

보이는구나, 자유로운 몸이
아니며, 질타받을 만하다고. 이른바

동이 터야 마땅하다
강이 자라기 시작하는 유년 시절,
그때 이미 다른 강[65]은 달리며
장려함을 드높이고, 망아지처럼
재갈을 물고, 먼 공중까지
흐르는 소리를 울리며,
만족하고 있으나,
그러나 암벽에는 갈라진 틈이
대지에는 고랑이 있어야 한다,
시간의 틈이 없다면, 열매가 열리지 않을 테니.
그러나 저 물길이 무얼 하는지,
아무도 알지 못한다.

Griechenland

O ihr Stimmen des Geschiks, ihr Wege des Wanderers

Denn an der [Augen] Schule Blau,

Femher, am Tosen des Himmels

Tönt wie der Amsel Gesang

Der Wolken heitere Stimmung gut

Gestimmt vom Daseyn Gottes, dem Gewitter.

Und Rufe, wie hinausschauen, zur

Unsterblichkeit und Helden;

Viel sind Erinnerungen. Wo darauf

Tönend, wie des Kalbs Haut

Die Erde, von Verwüstungen her, Versuchungen der Heiligen

Denn anfangs bildet das Werk sich

Großen Gesezen nachgeht, die Wissenschaft

Und Zärtlichkeit und den Himmel breit lauter Hülle nachher

Erscheinend singen Gesangeswolken.

Denn fest ist der Erde

Nabel. Gefangen nemlich in Ufern von Gras sind

Die Flammen und die allgemeinen

그리스[66]

오 운명의 목소리들이여, 방랑자의 길들이여!
[눈을 가르치는] 푸르름의 학교,
그 먼 곳, 하늘의 떨림으로부터
지빠귀의 노래처럼
구름의 밝은 기운이 퍼지니,
신의 현존, 뇌우에 음을 맞추었구나.
외침들, 마치 불멸과 영웅들을
내다보는 듯한, 외침들.
기억들은 많구나. 그에 응답하며
송아지 가죽처럼
대지는 황폐함과 성자들의 유혹으로 떨리고
또한 최초에 만들어지는 작품 있으니
대지는 거대한 법칙들을 따르는바, 학문과
유연함의 작품 있어, 너울 가득한 하늘을 채우고 그 뒤에
비로소 나타나 노래하는 노래구름들.
대지의 배꼽[67]은
정해져 있노라. 또한 풀 덮인 육지에는
불길들, 우주의

Elemente. Lauter Besinnung aber oben lebt der Aether. Aber silbern

An reinen Tagen

Ist das Licht. Als Zeichen der Liebe

Veilchenblau die Erde.

Zu Geringem auch kann kommen

Großer Anfang.

Alltag aber wunderbar zu lieb den Menschen

Gott an hat ein Gewand.

Und Erkentnissen verberget sich sein Angesicht

Und deket die Lüfte mit Kunst.

Und Luft und Zeit dekt

Den Schröklichen, daß zu sehr nicht eins

Ihn liebet mit Gebeten oder

Die Seele. Denn lange schon steht offen

Wie Blätter, zu lernen, oder Linien und Winkel

Die Natur

Und gelber die Sonnen und die Monde,

Zu Zeiten aber

Wenn ausgehn will die alte Bildung

Der Erde, bei Geschichten nemlich

Gewordnen, muthig fechtenden, wie auf Höhen führet

원소들이 갇혀 있다. 허나 에테르는 명상으로 가득하여 높
　　은 곳에 산다. 그렇지만
청명한 날 은색을 발하는 것은
빛이다. 사랑의 징표로
제비꽃처럼 푸른 것은 대지다.
미약한 것에도
크나큰 시작이 찾아올 수 있나니.
매일 또 경이롭게도 인간을 사랑하여
신은 한 벌의 옷을 걸쳤노라.
그리하여 인식이 닿지 못하게 얼굴을 덮고
예술로 상공을 가리우노라.
상공과 시간은
그 끔찍한 자를 가리우니, 이는 지나치게
그를 사랑하여 기도를 바치는
영혼이 없게 하기 위함이다. 이미 오랜 시간
마치 이파리처럼, 마치 선과 각처럼, 배움을 위해 열린
자연이다
해들과 달들은 더욱 노랗구나,
그러나
대지가 한때 지어진 모습을 잃는
시간들에는, 역사를 겪으며
변화하는, 용맹하게 싸우는 시간들에는, 마치 높은 곳을

Die Erde Gott. Ungemessene Schritte

Begränzt er aber, aber wie Blüthen golden thun

Der Seele Kräfte dann der Seele Verwandtschaften sich zusam-
    men,

Daß lieber auf Erden

Die Schönheit wohnt und irgend ein Geist

Gemeinschaftlicher sich zu Menschen gesellet.

Süß ists, dann unter hohen Schatten von Bäumen

Und Hügeln zu wohnen, sonnig, wo der Weg ist

Gepflastert zur Kirche. Reisenden aber, wem,

Aus Lebensliebe, messend immerhin.

Die Füße gehorchen, blühn

Schöner die Wege, wo das Land

향하듯

신이 대지를 이끈다. 그러나 신은 절제 없는 발걸음에는
제한을 두는 법, 마치 꽃잎처럼 황금빛으로
영혼의 힘들은, 영혼의 친족들은 서로 모이니,
이는 대지 위에
아름다움이 거할 수 있도록, 그리하여 하나의 정신이
사람들에게 더욱 공동의 것으로 다가가도록.

달콤하구나, 그런 시간에 나무와 구릉의
높은 그늘에서 사는 것은, 햇빛은 맑구나, 교회로 향하는
돌길이 깔린 곳에서. 하지만 여행자들에게는,
삶을 사랑하여, 발길을 언제나 절제하는
여행자들에게는, 더욱
아름답게 길들이 피어나는 것이니, 그 땅이

3부
파편들

1장

찬가 파편들

Die Sprache

Aber die Sprache —

Im Gewitter spricht der

Gott.

öfters hab' ich die Sprache

sie sagte der Zorn sei genug und gelte für den Apollo —

Hast du Liebe genug so zürn aus Liebe nur immer,

öfters hab ich Gesang versucht, aber sie hörten dich nicht. Denn

so wollte die heilige Natur. Du sangest du für sie in deiner Ju-

gend

nicht singend

Du sprachest zur Gottheit,

aber diß habt ihr all vergessen, daß immer die Erstlinge Sterb-

lichen

nicht, daß sie den Göttern gehören,

gemeiner muß alltäglicher muß

die Frucht erst werden, dann wird

sie den Sterblichen eigen.

언어

그러나 언어라 함은 —

폭풍 속에서 말하는

신.

나 여러 번 그 언어를 가졌노라

그것은 진노면 충분하며, 아폴론 신에 어울린다 했노라 —

그대 사랑이 충분한가, 그렇다면 언제까지고 사랑으로만
  진노하라

나 여러번 노래를 불러보았으나, 저들은 그대 목소리를 듣
  지 못했노라.

성스러운 자연이 원한 바였기에. 그대는 노래했다 저들을
  위해 젊은 날에

노래하지 않으면서

그대는 신성神性에게 말을 걸었노라,

하지만 그대들 모두 잊은 바가 있으니, 첫 수확물은 항상

필멸자가

아닌, 신들의 소유이니라.

더욱 범속하게, 더욱 예사롭게

열매는 바뀌어야 하는 법, 그래야 비로소

필멸자들의 몫이 되리라.

Im Walde

Du edles Wild.

Aber in Hütten wohnet der Mensch, und hüllet sich ein ins verschämte Gewand, denn inniger ist achtsamer auch und daß er bewahre den Geist, wie die Priesterin die himmlische Flamme, diß ist sein Verstand. Und darum ist die Willkür ihm und höhere Macht zu fehlen und zu vollbringen dem Götterähnlichen, der Güter Gefährlichstes, die Sprache dem Menschen gegeben, damit er schaffend, zerstörend, und untergehend, und wiederkehrend zur ewiglebenden, zur Meisterin und Mutter, damit er zeuge, was er sei geerbet zu haben, gelernt von ihr, ihr Göttlichstes, die allerhaltende Liebe.

숲속에서

너 귀한 짐승이여.

그러나 사람은 움막을 짓고 사니, 부끄러움의 옷가지로 몸을 두르고 있다, 더욱 내밀하기에, 더 마음을 기울이기에, 사람이여 정신을 보존하라, 마치 무녀가 하늘의 불길을 품듯이, 이것이 너의 지知일지니. 그렇기에 사람에겐 자의가 있고 더 높은 권력이 있어, 빗맞출 수도 있고 적중시킬 수도 있으니, 이는 그가 신들을 닮았기 때문이오, 모든 재화 가운데 으뜸의 위험, 언어가 사람에게 주어졌기 때문이니, 이를 가지고 지어 올리고, 때려 부수고, 또 떨어져 내리고, 또다시 돌아오면서 영생의 스승이자 어머니에게로, 진정한 자신을 낳기 위하여, 물려받은 것을, 그녀에게 배운 것을, 그녀가 가진 가장 신성한 것, 만물을 보듬는 사랑을.

An meine Schwester

Übernacht' ich im Dorf

Albluft

Straße hinunter

Haus   Wiedersehn.   Sonne der Heimath

Kahnfahrt,

Freunde   Männer und Mutter.

Schlummer.

누이에게

내가 마을에서 밤을 보낸다면

알프스 바람

길을 건너서 오고

집   재회.   고향의 햇살

뱃놀이,
친구들   남자들과 어머니
잠.

Gestalt und Geist

Alles ist innig

    Das scheidet

So birgt der Dichter

Verwegner! möchtest von Angesicht zu Angesicht

    Die Seele sehn

        Du gehest in Flammen unter.

형상과 정신

모든 것은 내밀하다

　이는 나눈다

그렇게 시인은 감춘다

그릇된 자여! 감히 얼굴과 얼굴을 맞대고
　영혼을 보고자 한다면
　　　불길 속에 스러지고 말 것이다.

Tinian

Süß ists, zu irren

In heiliger Wildniß,

— — — —

Und an der Wölfin Euter, o guter Geist,

Der Wasser, die

Durchs heimatliche Land

Mir irren,

               , wilder sonst.

Und jezt gewöhnt, zu trinken, Findlingen gleich;

Des Frühlings, wenn im warmen Grunde

Des Haines wiederkehrend fremde Fittige

                       ausruhend in Einsamkeit,

Und an Palmtagsstauden

Wohlduftend

Mit Sommervögeln

Zusammenkommen die Bienen,

Und deinen Alpen

티니안[68]

성스러운 들판을

헤매임은 달콤하구나,

— — — —

암늑대의 젖무덤을 헤매임은, 오 좋은 신이여,

고향의 땅을

흐르며 헤매는

물의 신이여,

                  , 예전에는 거칠었으나,

이제는 길들어, 마실 수 있는 물, 마치 표석漂石 같고.

봄이 되어, 따뜻해진 땅속에서

되돌아오는 숲속의 낯선 날개들

                고독 속에서 쉬고 있구나,

야자수 덤불 곁

향긋한 냄새

여름의 새들과

벌들이 회합할 때,

그리고 너의 알프스

›

Von Gott getheilet

Der Welttheil,

    zwar sie stehen

Gewapnet,

    Die Blumen giebt es,

Nicht von der Erde gezeugt, von selber

Aus lokerem Boden sprossen die.

Ein Widerstral des Tages, nicht ist

Es ziemend, diese zu pflüken,

Denn golden stehen,

Unzubereitet,

Ja schon die unbelaubten

＇

신이 나누어 둔

세계의 조각,

　　　　　　비록 그들은
무기를 들고 서 있지만

　　　　　　보라 어떤 꽃들은
대지가 낳은 것이 아니라, 스스로
부드러운 땅에서 피어난 것이니,
이는 대낮의 되비침이라, 그를
꺾는 것은 어울리지 않는다
이미 황금빛으로 서 있는
만들어진 적 없는 꽃들,
이파리를 잃은

175

Gedanken gleich,

Und lustzuwandeln, zeitlos...

Denn es haben

Wie Wagenlauff uns falkenglänzend, oder

Dem Thierskampf gleich, als Muttermaal

Wess Geistes Kind

Die Abendländischen sein, die Himmlischen

Uns diese Zierde geordnet;

생각들처럼,

그러니 기쁘게 떠도는 일은, 시간의 밖

이는 마치 우리를
수레의 움직임처럼, 빛나는 매처럼, 아니면
짐승들의 싸움과 같이, 어머니의 흔적으로
어느 신의 아이여야 할 것인가
서방의 인간들은, 또 천신들은 어떤 모양으로
우리에게 이 장식을 걸어주었는가.

Heimat

Und niemand weiß

Indessen laß mich wandeln

Und wilde Beeren pflüken

Zu löschen die Liebe zu dir

An deinen Pfaden, o Erd'

Hier wo — — —

          und Rosendornen

Und süße Linden duften neben

Den Buchen, des Mittags, wenn im falben Kornfeld

Das Wachstum rauscht, an geradem Halm,

Und den Naken die Ähre seitwärts beugt

Dem Herbste gleich, jezt aber unter hohem

Gewölbe der Eichen, da ich sinn

Und aufwärts frage, der Glokenschlag

Mir wohlbekannt

고향

그리고 아는 자 없네

그동안 나 떠돌게 해다오
들판의 딸기를 따먹으며
너를 향한 사랑을 달래도록,
너의 길들 위에서, 오 대지여

여기에서 — — —
　　　　　　　장미 가시와
피나무가 달콤한 향기를 풍기고
너도밤나무 곁에, 대낮, 누런 밀밭이
자라는 소리 들릴 때, 줄기는 곧고,
이삭은 옆으로 고개 숙이며
가을을 닮는다, 그러나 지금
참나무로 덮인 높은 천장 아래, 내가 생각하여
위를 향해 물을 때, 종소리가
아주 익숙하게

Fernher tönt, goldenklingend, um die Stunde, wenn

Der Vogel wieder wacht. So gehet es wohl.

먼 곳에서 울릴 때, 황금의 음으로, 시간에 맞추어
새가 다시 깨어날 때. 잘 이루어진다.

Was ist der Menschen Leben…

Was ist der Menschen Leben ein Bild der Gottheit.

Wie unter dem Himmel wandeln die Irrdischen alle, sehen

Sie diesen. Lesend aber gleichsam, wie

In einer Schrift, die Unendlichkeit nachahmen und den Reichtum

Menschen. Ist der einfältige Himmel

Denn reich? Wie Blüthen sind ja

Silberne Wolken. Es regnet aber von daher

Der Thau und das Feuchte. Wenn aber

Das Blau ist ausgelöschet, das Einfältige, scheint

Das Matte, das dem Marmelstein gleichet, wie Erz,

Anzeige des Reichtums.

인간의 삶이란 무엇인가…

인간의 삶이란 무엇인가 신성神性의 상像이네.

하늘 아래 있는 듯, 대지의 사람들은 떠도네,

위를 보네. 그러나 마치 천문天文을

읽어내는 듯, 인간은 무한을, 풍족함을

모방하네. 한 겹의 하늘이

과연 풍족하던가? 은빛 구름들은

마치 꽃잎과도 같은데. 그러나 바로 저곳에서

이슬과 물기가 내려오는 것이네. 허나

저 푸름, 한 겹의 푸름이 꺼져버리고 나면 드러나는

흐린 것, 대리석을 닮은 것, 마치 청동처럼 빛나는,

풍족함의 징표.

2장
핀다로스 파편들

Untreue der Weisheit

O Kind, dem an des pontischen Wilds Haut

Des felsenliebenden am meisten das Gemüth

Hängt, allen Städten geselle dich,

Das gegenwärtige lobend

Gutwillig,

Und anderes denk in anderer Zeit.

Fähigkeit der einsamen Schule für die Welt. Das Unschuldige des reinen Wissens als die Seele der Klugheit. Denn Klugheit ist die Kunst, unter verschiedenen Umständen getreu zu bleiben, das Wissen die Kunst, bei positiven Irrtümern im Verstande sicher zu seyn. Ist intensiv der Verstand geübt, so erhält er seine Kraft auch im Zerstreuten; so fern er an der eigenen geschliffenen Schärfe das Fremde leicht erkennt, deßwegen nicht leicht irre wird in ungewissen Situationen.

So tritt Jason, ein Zögling des Centauren, vor den Pelias:

ich glaube die Lehre

지혜의 불충함

아이야, 네 마음은 바위를 사랑하는
폰토스[69] 물짐승의 가죽과 가장
친하니, 어떤 도시와도 어우러지거라,
현재를 찬미하며
선한 뜻으로
다른 것은 다른 때에 생각하거라.

외로움의 학교는 세상을 준비하는 능력이다. 순수한 앎의 죄 없음은 영리함의 혼(魄)이다. 영리함은 변화하는 환경에서도 충절을 지키는 기술이며, 앎은 오류를 더해나갈 때 이성을 확고하게 지키는 기술이다. 이성을 격하게 수련하였다면, 흩어짐 속에서도 그 힘을 보존한다. 벼려둔 스스로의 날카로움에 와닿는 낯선 것을 쉽게 인식하기에, 불확실한 상황에서도 쉽게 길을 잃지 않는다.

그러므로 켄타우로스의 제자 이아손은 펠리아스[70] 앞에 나아가 말하였다.

나는 케이론의 가르침을

Chirons zu haben. Aus der Grotte nemlich komm' ich

Bei Charikli und Philyra, wo des

Centauren Mädchen mich ernähret,

Die heiligen; zwanzig Jahre aber hab'

Ich zugebracht und nicht ein Werk

Noch Wort, ein schmuziges jenen

Gesagt, und bin gekommen nach Haus,

Die Herrschaft wiederzubringen meines Vaters.

얻었다고 생각하노라. 나는 동굴에서, 카리클로[71]와
　필리라[72]가
거하는 곳에서 왔으니, 켄타우로스 소녀들이 나를
　먹였노라,
성스러운 딸들이. 그러나 나는 스무 해를
그곳에서 지내면서 어떤 행동도
말도, 더러운 것은 그들에게
하지 않았다, 이제 집으로 돌아왔으니
내 아버지의 왕좌를 돌려받겠노라.

Von der Wahrheit

Anfängerin großer Tugend, Königin Wahrheit,

Daß du nicht stoßest

Mein Denken an rauhe Lüge.

Furcht vor der Wahrheit, aus Wohlgefallen an ihr. Nemlich das erste lebendige Auffassen derselben im lebendigen Sinne ist, wie alles reine Gefühl, Verwirrungen ausgesezt; so daß man nicht irret, aus eigener Schuld, noch auch aus einer Störung, sondern des höheren Gegenstandes wegen, für den, verhältnismäßig, der Sinn zu schwach ist.

진리에 대하여

큰 덕의 초심자, 여왕이신 진리여,
그대가 내 생각을
거친 거짓에 부딪치지 않기를.

진리 앞의 두려움, 그를 흠모하기에. 진리에 대한 생생
한 인식이 처음으로 생생한 감각 안에서 이루어질 때는,
여타 순수한 느낌과 마찬가지로 혼란의 위험이 있다. 그리
하여 스스로의 잘못으로 헤매는 것도 아니며, 방해가 있어
헤매는 것도 아니라, 더 높은 대상 탓에 헤매는 것이니, 감
각은 그에 비해 너무도 미약하기 때문이다.

Von der Ruhe

Das Öffentliche, hat das ein Bürger

In stiller Witterung gefaßt,

Soll er erforschen

Großmännlicher Ruhe heiliges Licht

Und den Aufruhr von der Brust,

Von Grund aus wehren seinen Winden; denn Armut

    macht er

Und feind ist er Erziehern der Kinder.

Ehe die Geseze, der großmännlichen Ruhe heiliges Licht, er-
forschet werden, muß einer, ein Gesezgeber oder ein Fürst, rei-
ßenderem oder stetigerem Schiksaal eines Vaterlandes und
je nachdem die Receptivität des Volkes beschaffen den Karakter
jenes Schiksaals, das königlichere oder gesammtere in
den Verhältnissen der Menschen, zu ungestörter Zeit usurpato-
rischer, wie bei griechischen Natursöhnen, oder erfahrener, wie
bei Menschen von Erziehung auffassen. Dann sind die Geseze
die Mittel, jenes Schiksaal in seiner Ungestörtheit festzuhalten.

고요에 대하여

공공公共의 것, 그것을

조용한 기후 안에서 붙잡은 시민이라면,

탐구해야 하리

대인大人의 고요, 그 성스러운 빛을

그러나 가슴속의 난동은

아예 그 바람에 가닿지 못하게 막아야 하리. 그것은

　　가난을 가져오고

아이들의 교육자를 적으로 삼으니.

　법法을, 대인의 고요에 깃든 성스러운 빛을 탐구하기 전에, 사람은, 즉 법을 제정하는 자나 군주 된 자는 **급격한** 또는 **점진적인** 조국의 운명을 그 민족의 수용 능력에 비추어 파악해야 한다. 그 운명의 **왕다운** 또는 **총체적인** 성격은 민중의 상황에 표현된 바에서 드러나니, 방해가 없는 시대에는 그리스적 자연의 아들들처럼 찬탈자의 방식으로, 교육된 인간의 경우에는 능숙한 방식으로 그 운명을 파악하는 것이다. 그때에 법은 저 운명을 방해 없는 모습 그대로 보존하는 매체다. 군주에게는 근원적 방식인 것이나, 진정한

Was für den Fürsten origineller Weise, das gilt, als Nachahmung

für den eigentlicheren Bürger.

시민에게는 모방해야 할 것이다.

Vom Delphin

Den in des wellenlosen Meeres Tiefe von Flöten

Bewegt hat liebenswürdig der Gesang.

Der Gesang der Natur, in der Witterung der Musen, wenn über Blüthen die Wolken, wie Floken, hängen, und Schmelz von goldenen Blumen. Um diese Zeit giebt Wesen seinen Ton an, seine Treue, die Art, wie eines in sich selbst zusammenhängt. Nur der Unterschied der Arten die Trennung in der Natur, daß also alles mehr Gesang und reine Stimme ist, als Accent des Bedürfnisses oder auf der anderen Seite Sprache.

Es ist das wellenlose Meer, wo der bewegliche Fisch die Pfeife der Tritonen, das Echo des Wachstums in den waichen Pflanzen des Wassers fühlt.

돌고래에 대하여

그를 파도 없는 바다 깊은 곳에서 피리 가락으로
움직였던 사랑스러운 노래.

노래, 뮤즈의 바람 속에서, 피어난 꽃들 위로 구름이 걸릴 때, 마치 뭉치듯이, 황금처럼 녹아내린 꽃들 위로 걸릴 때, 자연의 노래. 이 시간에 모든 존재는 자신의 목소리를 내어놓는다, 자신의 충실함을, 일자一者가 자신 안에서 성립하는 방식을. 그러면 자연의 나뉨은 그 방식의 다름에만 있다, 즉 모든 것은 노래에 가까워지고 순수한 목소리에 가까워지며, 갈애의 발화나 저편의 언어와는 멀어진다.

파도 없는 바다, 유연한 물고기가 트리톤[73]의 휘파람을, 자라남의 메아리를 부드러운 물풀 속에서 느끼는 곳.

Das Höchste

Das Gesez,

Von allen der König, Sterblichen und

Unsterblichen; das führt eben

Darum gewaltig

Das gerechteste Recht mit allerhöchster Hand.

Das Unmittelbare, streng genommen, ist für die Sterblichen unmöglich, wie für die Unsterblichen; der Gott muß verschiedene Welten unterscheiden, seiner Natur gemäß, weil himmlische Güte, ihret selber wegen, heilig seyn muß, unvermischet. Der Mensch, als Erkennendes, muß auch verschiedene Welten unterscheiden, weil Erkentniß nur durch Entgegensezung möglich ist. Deswegen ist das Unmittelbare, streng genommen, für die Sterblichen unmöglich, wie für die Unsterblichen.

Die strenge Mittelbarkeit ist aber das Gesez.

Deswegen aber führt es gewaltig das gerechteste Recht mit allerhöchster Hand.

Die Zucht, so fern sie die Gestalt ist, worinn der Mensch sich

가장 높은 것

법法,
모든 것의 왕, 필멸자와
불멸자 모두에게. 이는 그러므로
엄혹하게
지고한 손으로 가장 올바른 올바름을 행한다.

매개 없는 것은, 엄격한 의미에서는 필멸자에게도, 불멸자에게도 불가능하다. 신은 여러 세계를 구분지어야만 하니 이는 그 본성에 따르는 것이며, 천신이 취하는 선善은 그 자체로 성스럽고 또 혼탁함이 없어야만 하는 까닭이다. 인간은 인식자이기에 마찬가지로 여러 세계를 구분지어야 하니, 인식은 대상을 두어야만 가능하기 때문이다. 따라서 매개 없는 것은, 엄격한 의미에서는 필멸자에게도, 불멸자에게도 불가능하다.

그러나 엄격한 매개성은 바로 법法이다.

따라서 법은 지고한 손으로 가장 올바른 올바름을 행한다.

법도法度는 인간이 스스로를 만나고 신을 만나는 형상이

und der Gott begegnet, der Kirche und des Staats Gesez und an-
ererbte Sazungen (die Heiligkeit des Gottes, und für den Men-
schen die Möglichkeit einer Erkentniß, einer Erklärung), diese
führen gewaltig das gerechteste Recht mit allerhöchster Hand,
sie halten strenger, als die Kunst, die lebendigen Verhältnisse fest,
in denen, mit der Zeit, ein Volk sich begegnet hat und begegnet.

»König« bedeutet hier den Superlativ, der nur das Zeichen ist
für den höchsten Erkentnißgrund, nicht für die höchste Macht.

라는 점에서 교회와 국가의 법이며 또한 물려받은 관습이다. (신의 신성함, 인간에게는 인식과 이해의 가능성) 이는 엄혹하게, 지고한 손으로 가장 올바른 올바름을 행하고 예술보다도 엄격하게 삶의 형태를 유지하니, 그 안에서 흐르는 시간 속에 민족은 스스로를 만나왔고 또 만나고 있다.

'왕'이란 여기서 최상급을 의미하며, 가장 높은 인식의 근저에 대한 상징일 뿐, 가장 높은 권력을 가리키는 것이 아니다.

Das Alter

Wer recht und heilig

Das Leben zubringt,

Süß ihm das Herz ernährend,

Lang Leben machend,

Begleitet die Hoffnung, die

Am meisten Sterblichen

Die vielgewandte Meinung regieret.

Eines der schönsten Bilder des Lebens, wie schuldlose Sitte das lebendige Herz erhält, woraus die Hoffnung kommet; die der Einfalt dann auch eine Blüthe giebt, mit ihren mannigfaltigen Versuchen und den Sinn gewandt und so lang Leben machet, mit ihrer eilenden Weile.

세월

올바르고 성스럽게
삶을 보낸 자라면,
그 마음에 감미로운 식사를 주어
장수를 누리는 자라면,
희망과 함께하게 되리,
많은 필멸자의
다채로운 뜻을 다스리는 희망.

삶의 가장 아름다운 그림 중 하나이다. 무고한 덕이 살
아 있는 마음을 지키니, 거기에서 희망이 나오는 것. 소박
함에도 한 송이 꽃을 피우는 희망, 여러 시도로 감각을 날
렵하게 그리고 삶을 길게 만들어주는, 희망의 서두르는 머
무름.

Das Unendliche

Ob ich des Rechtes Mauer

Die hohe oder krummer Täuschung

Ersteig' und so mich selbst

Umschreibend, hinaus

Mich lebe, darüber

Hab ich zweideutig ein

Gemüth, genau es zu sagen.

Ein Scherz des Weisen, und das Räthsel sollte fast nicht gelöst werden. Das Schwanken und das Streiten zwischen und Klugheit löst sich nemlich nur in durchgängiger »Ich habe zweideutig ein Gemüth genau es zu sagen.« dann zwischen Recht und Klugheit den Zusammenhang auffinde, der nicht ihnen selber, sondern einem dritten zugeschrieben werden muß, wodurch sie unendlich (genau) zusammenhängen, darum hab' ich ein zweideutig Gemüth.

끝없음

내가 올바름의 성벽

높은 벽, 아니면 휘어진 미혹을

오르고 있는지, 나 자신을

새로이 써내는지, 그 너머의

삶을 살아내는지, 그에 대해

자세히 말하려니

나는 마음이 둘로 갈라진다.

현자의 농담이다, 즉 수수께끼는 거의 풀리지 못하게 되어 있다. 올바름과 현명함 사이에서 흔들림과 대립함은 서로를 깊이 관계 지어야만 풀 수 있다. "그에 대해 자세히 말하려니 나는 마음이 둘로 갈라진다." 나는 올바름과 현명함 사이의 연결을 찾아내어, 그 둘 말고도 제3자가 있어 그를 통해서만 끝없이 (자세히) 연결될 수 있음을 알았으니, 그렇기에 나의 마음은 둘로 갈라진다.

Die Asyle

Zuerst haben

Die wohlrathende Themis

Die Himmlischen, auf goldenen Rossen, neben

Des Ozeans Salz,

Die Zeiten zu der Leiter,

Zur heiligen geführt des Olympos, zu

Der glänzenden Rükkehr,

Des Retters alte Tochter,

Des Zevs zu seyn,

Sie aber hat

Die goldgehefteten, die gute,

Die glänzendbefruchteten Ruhestätten geboren.

Wie der Mensch sich sezt, ein Sohn der Themis, wenn, aus
dem Sinne für Vollkommenes, sein Geist, auf Erden und im
Himmel, keine Ruhe fand, bis sich im Schiksaal begegnend, an
den Spuren der alten Zucht, der Gott und der Mensch sich wie-
dererkennt, und in Erinnerung ursprünglicher Noth froh ist d a ,

피난처들

천신들은 가장 먼저
조언자 테미스[74]를
황금의 준마들에 태워
대양의 소금 곁으로 이끌었고,
이어 시간의 여신들,
올림포스에 이르는 성스러운 사다리로,
찬란한 귀천歸天으로 이끌었노라,
구원자[75]의 옛 딸들이,
제우스 곁에 있을 수 있도록.
그러나 그녀
선한 테미스는, 황금 장식된 처소를
찬란하게 열매 맺은 쉼터들을 낳았노라.

인간은 테미스의 아들이기에 스스로를 세우나, 완전한 것을 향한 감각 탓에 그의 정신은 대지에서도, 하늘에서도 쉼을 얻지 못하거니와, 운명 안에서, 또 오래된 가르침의 흔적들에서 신과 인간이 스스로를 다시 알아볼 때 비로소 원래의 고난을 기억하여 기뻐하는 것이니, **이는 스스로**

wo er sich halten kann.

Themis, die ordnungsliebende, hat die Asyle des Men-
schen, die stillen Ruhestätten geboren, denen nichts Fremdes
ankann, weil an ihnen das Wirken und das Leben der Natur
sich konzentrirte, und ein Ahnendes um sie, wie erinnernd, das-
selbige erfähret, das sie vormals erfuhren.

를 지킬 수 있는 곳이구나.

　테미스, 질서를 사랑하는 자인 그녀가 **인간의 피난처들,** 고요한 쉼터들을 낳았으니, 그곳은 어떤 외물外物도 침범할 수 없노라, 그곳에는 자연의 생명과 작용이 집중되기에, 그리고 그 주위에서 어느 예감하는 자가, 마치 기억해 내듯이, 인간들이 예전에 경험한 것을 다시 한번 경험하기에.

Das Belebende

Die männerbezwingende, nachdem

Gelernet die Centauren

Die Gewalt

Des honigsüßen Weines, plözlich trieben

Die weiße Milch mit Händen, den Tisch sie fort, von selbst,

Und aus den silbernen Hörnern trinkend

Bethörten sie sich.

Der Begriff von den Centauren ist wohl der vom Geiste eines Stromes, so fern der Bahn und Gränze macht, mit Gewalt, auf der ursprünglich pfadlosen aufwärtswachsenden Erde.

Sein Bild ist deswegen an Stellen der Natur, wo das Gestade reich an Felsen und Grotten ist, besonders an O r t e n , ursprünglich der Strom die Kette der Gebirge verlassen und ihre Richtung queer durchreißen mußte.

Centauren sind deswegen auch ursprünglich Lehrer der Naturwissenschaft, weil sich aus jenem Gesichtspuncte die Natur am besten einsehn läßt.

생명을 주는 것

사내들을 굴복시키는 것,
켄타우로스들이
그 힘을 배웠을 때
꿀처럼 달콤한 포도주의 힘을, 돌연
하얀 우유를 두 손으로, 식탁을 밀쳐버렸다, 자연히
은으로 만든 뿔잔으로 마시며
어리석음에 들었다.

켄타우로스의 개념은 물길의 정신에 대한 개념일진대,
물길은 본래 길 없이 하늘을 향해 자라나는 대지를 건너며,
힘으로 길을 내고 경계를 세운다.

그렇기에 켄타우로스의 상像은 자연에서도 암벽과 동굴
이 많은 물가에, 그중에서도 특히 **물길이 산맥을 떠날 때 그
흐름을 가로지르며 터져나와야만 했던 원천의 장소들에 속하
는 것이다.**

켄타우로스들은 따라서 자연학의 본래 스승이니, 그 같
은 시점에서 볼 때 자연을 가장 잘 관찰할 수 있기 때문
이다.

In solchen Gegenden mußt' ursprünglich der Strom umirren, eh' er sich eine Bahn riß. Dadurch bildeten sich, wie an Teichen, feuchte Wiesen und Höhlen in der Erde für säugende Thiere, und der Centauer war indessen wilder Hirte, Odyssäischen Cyklops gleich; die Gewässer suchten sehnend Richtung. Jemehr sich aber von seinen beiden Ufern troknere fester bildete, und Richtung gewann durch festwurzelnde Bäume, und Gesträuche und den Weinstok, destomehr auch der Strom, der seine Bewegung von der Gestalt des Ufers annahm, Richtung gewinnen, bis er, von seinem Ursprung gedrängt, an einer Stelle durchbrach, wo die Berge, die ihn einschlossen, am leichtesten zusammenhiengen.

So lernten die Cemauren die Gewalt des honigsüßen Weins, sie nahmen von dem festgebildeten, bäumereichen Ufer Bewegung und Richtung an, und warfen die weiße Milch und den Tisch mit Händen weg, die gestaltete Welle verdrängte die Ruhe des Teichs, auch die Lebensart Ufer veränderte sich, der Überfall des Waldes, mit den Stürmen und den sicheren Fürsten des Forsts regte das Leben der Haide auf, das stagnirende Gewässer ward so lang zurükgestoßen, vom jähern Ufer, bis es Arme gewann, und so mit eigener Richtung, von selbst aus silbernen Hörnern trinkend, sich Bahn machte, eine Bestimmung annahm.

그런 지역에서는 물길이 길을 내며 흐르기 전에 오래
도록 헤매어야 한다. 그러면서 젖먹이 짐승들을 위한 호
수, 습지, 대지 안의 동굴 들이 만들어진 것이고, 켄타우로
스는 오디세우스의 퀴클롭스와 같은 들판의 목자였다. 물
들은 그리워하면서 그 방향을 찾았다. 양쪽 강변에서 굳은
땅이 더욱 견고해질수록, 또 뿌리 깊은 나무들, 덤불들, 포
도나무들로 인해 방향이 정해질수록, 마찬가지로 강변의
형태에 따라 움직이는 물길 역시 방향을 얻었으며, 마침내,
원류에서 떠내려온 것에 밀려, 자신을 가두고 있던 산들의
결속이 가장 약한 부분에서, 터져나갔다.

**이렇게 켄타우로스들은 꿀처럼 달콤한 포도주의 힘을 배웠
다,** 그들은 견고하게 굳어진, 수목 우거진 강변에서 그 움
직임과 방향을 얻었으며, **하얀 우유와 식탁을 두 손으로 집어
던져버린 것이다,** 형상을 얻은 물결은 호수의 정적을 몰아
내고, 강가의 삶도 그 방식을 바꾸었으니, 숲의 엄습은 폭
풍과 숲의 침착한 군주들과 함께 들판의 넉넉한 삶을 일으
켰으며, 침체하던 물은 날카로운 강변에게 거부당하기를
오래, **결국 팔[지류]들을 얻었으니,** 이제 저만의 방향으로,
자연히 **은으로 만든 뿔잔으로 마시면서** 물길을 내었으니, 확
고함을 얻은 것이다.

오시안[76]의 노래들은 진실로 켄타우로스의 노래들이니,
물길의 정신으로 부른 것이며, 아킬레우스에게 현금을 가

Die Gesänge des Ossian besonders sind wahrhaftige Centaurengesänge, mit dem Stromgeist gesungen, und wie griechischen Chiron, der den Achill auch das Saitenspiel gelehrt.

르쳤던 그리스의 케이론의 노래들과 같다.

3장
시학-철학적 파편들

Seyn, Urtheil, ...

Seyn —, drükt die Verbindung des Subjects und Objects aus.

Wo Subject und Object schlechthin, nicht nur zum Theil ver-
einiget ist, mithin so vereiniget, daß gar keine Theilung vorge-
nommen werden kan, ohne das Wesen desjenigen, was getrennt
werden soll zu verlezen, da und sonst nirgends kann von einem
Seyn schlechthin die Rede seyn, wie es bei der intellectua-
len Anschauung der Fall ist.

Aber dieses Seyn muß nicht mit der Identität verwechselt
werden. Wenn ich sage: Ich bin Ich, so ist das Subject (Ich)
das Object (Ich) nicht so vereiniget, daß gar keine Trennung
vorgenommen werden kann, ohne, das Wesen desjenigen, was
getrennt werden soll, zu verlezen; im Gegenteil das Ich ist nur
durch diese Trennung des Ichs vom Ich möglich. Wie kann ich
sagen: Ich! Ohne Selbstbewußtseyn? Wie ist aber Selbstbewußt-
seyn möglich? Dadurch daß ich mich mir selbst entgegenseze,
mich von mir selbst trenne, aber ungeachtet dieser Trennung
mich im entgegengesezten als dasselbe erkenne. Aber wieferne
als dasselbe? Ich kann, ich muß so fragen; denn andern Rüksicht

존재와 판단[77]

존재 —, 는 주체와 객체의 연결을 표현한다.

주체와 객체가 단지 부분적으로만이 아니라 완벽하게 합일된 경우, 즉 분리되는 것의 본질을 해치지 않고는 분리할 수 없을 만큼 합일된 경우에**만 존재 그 자체**에 대해서 말할 수 있으며, 다른 모든 경우에는 불가능하다. 예컨대 지적 직관이 그런 경우다.

그러나 이 존재는 동일성과 혼동되어서는 안 된다. 내가 '나는 나다'라고 말한다면, 여기에서 주체(나)와 객체(나)는 분리되는 것의 본질을 해치지 않고는 분리가 전혀 불가능할 만큼 합일되어 있는 것이 아니다. 오히려 여기서 '나'는 '나'로부터 '나'를 분리함으로써만 가능한 것이다. 자기의식이 없다면 내가 어떻게 '나!'라고 말할 수 있겠는가? 그러나 자기의식은 어떻게 가능한가? 나 자신을 나에게 대립시킴으로써, 나를 나에게서 분리함으로써, 그런 분리에도 불구하고 대립된 나 자신을 같은 것으로 인식함으로써 가능하다. 그러나 어떤 의미에서 같은 것으로 인식하는가? 나는 이렇게 질문할 수 있다, 아니 질문해야만 한다. 다른 관점에서 보자면 그것은 스스로에게 대립되는 것이기 때

ist es sich entgegengesezt. Also ist die Identität keine Vereinigung des Objects und Subjects, die schlechthin stattfände, also ist die Identität nicht = dem absoluten Seyn.

U r t h e i l. ist im höchsten und strengsten Sinne die ursprüngliche Trennung des in der intellectualen Anschauung innigst vereinigten Objects und Subjects, diejenige Trennung, wodurch erst Object und Subject möglich wird, die Ur=Theilung. Im Begriffe der Theilung liegt schon der Begriff der gegenseitigen Beziehung des Objects und Subjects aufeinander, und nothwendige Voraussezung eines Ganzen wovon Object und Subject die Theile sind. »I c h   b i n   I c h« ist das passendste Beispiel zu diesem Begriffe der Ur=theilung, als T h e o r e t i s c h e r Urtheilung, denn in der praktischen Urtheilung sezt es sich dem N i c h t i c h, nicht s i c h   s e l b s t entgegen.

Wirklichkeit und Möglichkeit ist unterschieden, wie mittelbares und unmittelbares Bewußtsein. Wenn ich einen Gegenstand als möglich denke, so wiederhohl' ich nur das vorhergegangene Bewußtseyn, krafr dessen er wirklich ist. Es giebt für uns keine denkbare Möglichkeit, die nicht Wirklichkeit war. Deswegen gilt der Begriff der Möglichkeit auch gar nicht von den Gegenständen der Vernunft, weil sie niemals als das, was sie seyn sollen im Bewußtseyn vorkommen, sondern nur der Begriff der Nothwen-

문이다. 그러므로 동일성은 완벽한 의미에서 일어나는 주체와 객체의 합일이 아니다. 즉 동일성 = 절대 존재가 아니다.

판단은 지적 직관에서 가장 내밀하게 합일된 주체와 객체가 가장 높고 엄격한 의미에서 겪는 원초적 분리이며, 이 분리를 통해서 비로소 주체와 객체가 가능하기에 바로 원초-분열[78]이다. 분열의 개념 안에는 이미 주체와 객체의 상호 관계라는 개념이 포함되어 있으며, 객체와 주체를 부분으로 하는 총체가 필연적으로 전제된다. **'나는 나다'**야말로 원초-분열의 개념에 가장 알맞은 예시다. 이는 물론 **이론적** 판단의 경우인데, 실천적 판단에서는 자아가 **그 자신**이 아닌 **비자아**에 대립된다.

현실성과 가능성은 '매개된 의식과 매개 없는 의식'과 마찬가지로 구분된다. 내가 하나의 대상을 가능한 것으로 생각하는 경우, 나는 단지 [그 대상에] 현실성을 부여하는 과거의 의식을 반복하는 것뿐이다. 우리가 생각할 수 있는 가능성 중에서 과거에 현실이 아니었던 것은 없다. 그런 이유에서 가능성의 개념은 이성의 대상들에게는 해당하지 않으니, 의식 내부에서 가능성은 결코 그 자체로 등장하지 않으며, 오직 필연성의 개념으로만 등장한다. 가능성의 개념은 오성의 대상들에만 해당하며, 현실성의 개념은 지각과 직관의 대상들에만 해당한다.

digkeit. Der Begriff der Möghchkeit gilt von den Gegenständen des Verstandes, der der Wirklichkeit von den Gegenständen der Warnemung und Anschauung.

Das untergehende Vaterland...

Das untergehende Vaterland, Natur und Menschen insofern sie in einer besondern Wechselwirkung stehen, eine b e s o n - d e r e idealgewordene Welt, und Verbindung der Dinge aus- machen, und sich insofern auflösen damit aus ihr und aus dem überbleibenden Geschlechte und den überbleibenden Kräften der Natur, die das andere reale Prinzip sind, eine neue Welt, eine neue, aber auch besondere Wechselwirkung, sich bilde, so wie jener Untergang aus einer reinen aber besondern Welt hervor- gieng. Denn die Welt aller Welten, das Alles in Allen, welches immer i s t und aus dessen Seyn alles angesehen werden muß, s t e l l t sich nur in aller Zeit — oder im Untergange oder im Moment, oder genetischer im werden des Moments und Anfang von Zeit und Welt d a r, und dieser Untergang und Anfang ist wie die Sprache, Ausdruk Zeichen Darstellung eines lebendigen aber besondern Ganzen, welches eben wieder in seinen Wirkun- gen dazu wird, und zwar so, daß in ihm, der Sprache, von einer Seite weniger oder nichts lebendig Bestehendes von der anderen Seite alles zu liegen scheint. Im lebendig Bestehenden herrscht

몰락하는 조국…[79]

몰락하는 조국, 자연, 인간은 서로 특수한 상호작용을 주고받는 만큼, 또 사물 간의 연결을 성립시키는 만큼 ─ 하나의 **특수한** 이상화된 세계를 이룬다. 몰락하는 조국, 자연, 인간이 붕괴할 때에 이 세계에서, 잔존하는 종족과 자연력으로부터 ─ 이는 현실의 또 다른 법칙이다 ─ 하나의 새로운 세계가 만들어지며, 즉 하나의 새롭고 특수한 상호작용이 만들어진다. 이는 몰락이 하나의 순수한 ─ 그러나 동시에 특수한 ─ 세계로부터 시작되었던 것과 마찬가지다. '**항상 존재하며**, 모든 직관의 관점이 되어야 마땅한, 세계 중의 세계, 만물 안의 만물'은 오직 시간 안에서만 스스로를 **재현하며** ─ 또는 몰락·순간·순간의 생성·시간과 세계의 시작점에서만 스스로를 재현하니, 이 몰락과 시작은 ─ 마치 언어처럼 ─ 살아 있는, 그러나 특정한 총체가 내어놓은 표현·상징·재현이다. 이 총체는 그 작용 안에서 표현·상징·재현이 되는 것이니, 그 안에는 ─ 마치 언어 안에서처럼 ─ 생동하고 성립하는 요소가 한편으로는 극미하거나 아예 부재하는 것처럼 보이나, 다른 한편으로는 만물이 놓여 있는 것처럼 보인다. 생동하고 성립하는 요소

eine Beziehungsart, und S t o f f a r t vor; wiewohl alle übrigen darinn zu ahnden sind, im übergehenden ist die Möglichkeit aller Beziehungen vorherrschend, doch die besondere ist daraus abzunehmen, zu schöpfen, sodaß durch sie als Unendlichkeit die endliche Wirkung hervorgeht.

Dieser Untergang oder Ubergang des Vaterlandes (in diesem Sinne) fühlt sich in den Gliedern der bestehenden Welt so, daß in eben dem Momente und Grade, worinn sich Bestehende auflöst, auch das Neueintretende, Jugendliche, Mögliche sich fühlt. Denn wie könnte die Auflösung empfunden werden ohne Vereinigung, wenn also das Bestehende in seiner Auflösung empfunden werden soll und empfunden muß dabei das Unerschöpfteund und Unerschöpfliche, der Beziehungen und Kräfte, und jene die Auflösung mehr durch diese empfunden werden, als umgekehrt, denn aus Nichts wird nichts, und diß gradweise genommen heißt so viel, als daß dasjenige, welches zur Negation gehet, und insofern es aus der Wirklichkeit gehet, und noch nicht ein Mögliches ist, nicht wirken könne.

Aber das Mögliche, welches in die Wirklichkeit tritt, indem die Wirklichkeit sich auflöst, diß wirkt, und es bewirkt sowohl die Empfindung der Auflösung als die Erinne-

안에는 이미 하나의 관계성·**질료성**이 지배하고 있다. 물론 여타의 관계성·질료성도 그 안에서 예감할 수 있으나, 전환의 순간에는 모든 관계들의 가능성이 지배적이기에, 특수한 관계는 이로부터 선택되고 창조되어야 하며, 따라서 특수한 관계를 통해서만 '무한성으로서의 유한한 작용'이 창출되는 것이다.

(이런 의미의) **조국의 몰락, 또는 전환**이 세계의 성립물들 안에서 스스로를 느끼듯, 성립하는 것이 붕괴되는 순간에도 새로운 것·유년적인 것·가능한 것 역시 그와 같은 강도로 스스로를 느낀다. 붕괴가 합일 없이 어떻게 감각될 수 있겠는가 ― 성립하는 것이 그 붕괴의 순간 감각되어야 하고 또 실제로 감각된다면, 붕괴 자체보다도 **관계와 힘들 가운데 아직 '창조에 쓰이지 않았으며 따라서 고갈될 수 없는 것'**이 감각되어야 하는 것이지, 그 반대는 아니다. 무無에서는 아무것도 생성되지 않기 때문이다. 즉 여기에서 우리는 부정을 향해 가는 것, 따라서 현실을 벗어나는 것, 그리하여 아직 가능성이 아닌 것은 [현실로] 작용할 수 없다는 결론에 이르게 된다.

그러나 **현실이 붕괴함**으로써 현실 안으로 진입하는 **가능성**은, [현실로] 작용하며, 붕괴의 감각과 붕괴된 것의 기억 모두를 실현한다.

그러므로 이에 진정 비극적인 언어의 참으로 독창적인

rung des Aufgelösten.

Deswegen das durchaus originelle jeder ächttragischen Sprache, das immerwährendschöpfrische... das Entstehen des Individuellen aus Unendlichem, und das Entstehen des Endlichunendlichen des Individuellewigen aus beeden, das Begreiffen, Beleben nicht des unbegreifbar, unseelig gewordenen, sondern des unbegreifbaren, des Unseeligen der Auflösung, und des Streites des Todes selbst, durch das Harmonische, Begreifliche Lebendige. Es drükt sich hierinn nicht der erste rohe in seiner Tiefe dem Leidenden und Betrachtenden n o c h   z u unbekannte Schmerz der Auflösung aus; in diesem ist das Neuentstehende Idealische, unbestimmt, mehr ein Gegenstand der Furcht, da hingegen die Auflösung an sich, ein Bestehendes s c h e i n t, reales Nichts, und das sich Auflösende im Zustande zwischen Seyn und Nichtseyn im Nothwendigen begriffen ist.

Das neue Leben ist jezt wirklich, das sich auflösen sollte, und aufgelöst hat, möglich, ideal a l t, die Auflösung nothwendig und trägt ihren eigentümlichen Karakter zwischen Seyn und Nichtseyn. Im Zustande zwischen Seyn und Nichtseyn wird aber überall das Mögliche real, und das wirkliche ideal, und diß ist in der freien Kunstnachahmung ein furchtbarer aber göttlicher Traum. Die Auflösung also als Nothwendige, auf dem Gesicht-

면, 끝없이 창조해 내는 힘이 있다… 무한에서 개별자가 생성되며, [무한과 개별자] 양자에서 개별적 영속자의 유한한 무한이 생성된다. 파악하고 생명을 부여하는 일 — 파악할 수 없게 된 것, 불행에 빠진 것이 아니라, 파악할 수 없고 불행한 붕괴의 성질을 파악하고 그것에 생명을 부여하는 일, 나아가 조화롭게 파악하며 생명을 부여함으로써 일어나는, 죽음 그 자체와의 싸움. 여기에서 표현되는 것은 고통받는 자, 관찰하는 자에게 **아직** 그 깊이가 전혀 알려지지 않은, 붕괴의 고통이 주는 최초의 거친 인상이 아니다. 이 표현 안에서 새로이 생성되는 이상적인 것은 규정되지 않은 채 오히려 공포의 대상으로 **나타나지만**, 이에 비해 붕괴 자체는 현존하는 것으로, 사실상 무로 나타나며, 붕괴되는 것은 존재와 비존재 사이에 놓인 필연의 상태로 파악된다.

이제 새로운 생生은 현실적이며, 붕괴할 것이자 이미 붕괴한 생은 가능한, 이상적인, **낡은** 생이다. 붕괴 자체는 필연적이고, 존재와 비존재 사이의 특수한 성격을 띤다. 존재와 비존재 사이의 이 상태에서는 가능한 것이 온통 실제가 되고, 현실적인 것이 이상이 되는바, 이는 자유로운 예술 모방에 있어서는 무시무시한 꿈, 그러나 신성한 꿈이 된다. 즉 필연으로서의 붕괴는, 이상적인 기억이라는 관점에서 보자면 새롭게 생성된 생명의 대상이자, '붕괴의 시작점'

puncte der idealischen Erinnerung wird als solche idealisches Object des neuentwikelten Lebens, ein Rükblik auf den Weg, der zurükgelegt werden mußte, vom Anfang der Auflösung bis dahin, wo aus dem neuen Leben eine Erinnerung des Aufgelösten, und daraus, als Erklärung und Vereinigung der Lüke und des Kontrasts, der zwischen dem Neuen und dem Vergangenen stattfindet, die Erinnerung der Auflösung erfolgen kann. Diese idealische Auflösung ist furchtlos. Anfangs- und Endpunkt ist schon gesezt, gefunden, gesichert, deswegen ist diese Auflösung auch sicherer, unaufhaltsamer, kühner, und sie stellt sie hiemit, als das was sie eigentlich ist, als einen reproductiven Act, dar, wodurch das Leben alle seine Puncte durchläuft, und um die ganze Summe zu gewinnen, auf keinem verweilt, auf jedem sich auflöst, um in dem nächsten sich herzustellen, nur daß in dem Grade die Auflösung idealer wird, in welchem sie sich von ihrem Anfangspuncte entfernt, hingegen in eben dem Grade die Herstellung realer, bis endlich aus der Summe dieser in einem Moment unendlich durchlaufenen Empfindungen des Vergehens und Entstehens, ein ganzes Lebensgefühl, und hieraus das einzig ausgeschlossene, das aufgelöste in der Erinnerung (durch die Nothwendigkeit eines Objects im vollendetsten Zustande) hervorgeht, und nachdem diese Erinnerung des Aufgelösten, Individuellen mit dem unend-

으로부터 '새로운 생명에서 나온 붕괴된 것에 대한 기억'에 이르는 길을 돌아보는 일이다. 이로부터 새로운 것과 흘러간 것 사이에서 '균열과 대비對比의 해명과 융합', 즉 붕괴에 대한 기억이 일어난다. 이러한 이상적 붕괴에는 공포가 없다. 시작점과 종결점이 이미 지정되고 발견되고 보존되었기에, 이 붕괴는 그만큼 안전하고 거침없고 대범한 것이다. 그리하여 기억은 붕괴를 재생의 행위로 표현하니, 삶이 모든 지점을 통과할 때 거치는 행위로, 전체를 얻기 위해 어떤 지점에도 머무르지 않으며, 다음 지점에서 스스로를 재구성하기 위하여 각 지점에서 스스로 붕괴하는 과정으로 표현하는 것이다. 그 시작점에서 멀어질 만큼 붕괴는 이상적인 것이 되며, 반대로 '무한하게 반복되는 생멸生滅의 감각들의 합' 안에서 생의 느낌 전체가 생산되는 만큼 붕괴는 현실적인 것이 된다. 이로부터 유일하게 배제되었던 것, 최초에 기억 안에서 (완결 상태에서 대상의 필연성 탓에) 붕괴되었던 것이 나타난다. 이 붕괴된 것, 즉 개별적인 것에 대한 기억이 '과거의 무한한 생의 느낌'과 융합되고 둘 사이의 간극이 메워졌다면, 과거 개별자와 현재 무한자의 융합·비교로부터 비로소 다음 단계의 진정한 상태가 만들어지는 것이다.

그러므로 붕괴의 기억에서는 이 양극이 고정되어 있으므로 붕괴는 원래대로 안전하고, 거침없고, 대범한 행위가

231

lichen Lebensgefühl durch die Erinnerung der Auflösung vereini-
get und die Lüke zwischen denselben ausgefüllt ist, so gehet aus
dieser Vereinigung und Vergleichung des Vergangenen Einzelnen,
und des Unendlichen gegenwärtigen, eigentlich neue Zustand der
nächste Schritt, der dem Vergangenen folgen soll hervor.

Also in der Erinnerung der Auflösung wird diese, weil ihre
beeden Enden vest stehen, ganz der sichere, unaufhaltsame
kühne Act, der sie eigentlich ist.

Aber diese idealische Auflösung unterscheidet sich auch dadurch
von der wirklichen, auch wieder weil sie aus dem Unendlichgegen-
wärtigen zum Endlich vergangenen geht, daß 1) auf jedem Puncte
derselben Auflösung und Herstellung, 2) ein Punct in seiner
Auflösung und Herstellung mit jedem andern, 3) jeder Punct in
seiner Auflösung und Herstellung mit dem Totalgefühl der Auf-
lösung und Herstellung unendlich verflochtner ist, und alles sich
in Schmerz und Freude, in Streit Frieden, in Bewegung und Ruhe,
und Gestalt und Ungestalt unendlicher durchdringt, berühret, und
angeht und so ein himmlischer Feuer statt irrdischem wirkt.

Endlich, auch wieder, weil die idealische Auflösung umgekehrt
vom Unendlichgegenwärtigen zum Endlichvergangenen geht,
unterscheidet sich die idealische Auflösung von der wirkliehen da-
durch, daß sie durchgängiger bestimmt seyn kann, daß sie nicht

되는 것이다.

그러나 이 이상적 붕괴는 현실적 붕괴와 차이가 있다. 전자는 '무한한 현재'에서 '유한한 과거'를 향하며 —1) 모든 지점의 붕괴와 건립, 2) 붕괴와 건립의 모든 지점과 모든 다른 지점 간에, 3) 붕괴와 건립의 모든 지점과 붕괴·건립의 총체적 느낌 — 간에 무한한 교착이 있으며, 모든 것이 고통이자 기쁨으로, 전투이자 평화로, 동動이자 정定으로, 형태이자 혼돈으로 무한하게 스스로를 관통하고, 접촉하고, 관여하기에, 여기에는 대지의 불길이 아니라 하늘의 불길이 작용하기 때문이다.

결국 이상적 붕괴는 현실적 붕괴와는 구분되니, 이는 반대로 무한한 현재에서 유한한 과거를 향해서 간다. 전자는 후자에 비해 더욱 철저하게 규정될 수 있으며, 붕괴와 건립의 여러 주요한 지점들을 불안에 못 이겨 다급하게 합쳐버릴 필요가 없으며, 본질을 벗어나는 것 —두려움의 대상인 붕괴이자, 건립에 방해되는 것 —즉 사실상 치명적인 것을 향해 표류할 필요가 없다. 즉 불안에 못 이겨 붕괴와 건립 중의 특정 지점을 일방적으로 극단에 이르기까지 한정지음으로써, 사실상 죽어 있는 것을 향할 필요가 없는 것이다. 그 대신 [이상적 붕괴는] 그 정확하고, 곧고, 자유로운 궤도 위를 항행하며 붕괴와 건립의 모든 지점에서 '오직 그 궤도 상에서만 될 수 있는 것'으로서 —즉 진정

mit ängstlicher Unruhe mehrere wesentliche Puncte der Auflösung und Herstellung in Eines zusammenzuraffen, auch nicht ängstlich auf Unwesentliches, die gefürchtete Auflösung also auch die Herstellung Hinderliches, also eigentlich tödtliches abzuirren, auch nicht auf einen Punct der Auflösung und Herstellung einseitig ängstig sich bis aufs Äußerste zu beschränken, und so wieder zum eigentlich Todten veranlaßt ist, sondern daß sie ihren präcisen, geraden, freien Gang geht, auf jedem Puncte der Auflösung und Herstellung ganz das, was sie auf ihm, aber auch nur auf ihm seyn kann, also wahrhaft individuell, ist, natürlicher weise also auch auf diesen Punct nicht Ungehöriges, Zerstreuendes, an sich und hiehin Unbedeutendes herzwingt, aber frei und vollständig den einzelnen Punct durchgeht in allen seinen Beziehungen mit den übrigen Puncten der Auflösung und Herstellung, welche zwischen den zwei ersten der Auflösung und Herstellung f ä h i g e n Puncten, nemlich dem entgegengesezten Unendlichneuen, und Endlichalten, dem Realtotalen, und idealparticularen liegen.

Endlich unterscheidet sich die idealische Auflösung von der sogenannt wirklichen, (weil jene umgekehrterweise vom Unendlichen zum Endlichen gehet, n a c h d e m s i e v o n E n d l i c h e m z u m U n e n d l i c h e n g e g a n g e n w a r,) dadurch, daß die Auflösung aus Unkenntniß ihres End- und Anfangs-

개별적인 것으로서 —존재하니, 자연히 이 지점에서도 알맞지 않은 것, 집중을 흩어놓는 것, 그 자체로서는 의미가 없는 것을 억지로 불러내지 않는다. 대신 [이상적 붕괴는] 단지 자유롭고 온전하게, 붕괴와 건립의 여타 지점들과의 관계 속에서 개별 지점을 통과하니, 이 관계는 붕괴와 건립의 두 지점 사이에 놓인 **능력의** 지점들로, 서로 대립하는 '무한한 새로운 것'과 '유한한 낡은 것', '현실적인 죽은 것'과 '이상적인 개별적인 것' 사이에 놓여 있다.

결국 이상적 붕괴는 소위 현실적 붕괴와 구분된다(전자는 반대로 무한에서 유한을 향해서 가기 때문이다 — **유한에서 무한으로 이동하고 난 후에**). 붕괴는 그 종결점과 시작점에 대한 무지로 인해 현실적 무無로 나타나고, 개개의 성립물, 즉 특수한 것은 만물로 나타나며, 감각적 이상주의는 에피쿠로스주의로 나타나야 하니 — 이는 호라티우스가 "신은 다가오는 시간의 흐름을 어둠 속에 감춘다"라고 표현했으나 극중에서만 이용하는 데 그친 관점이다. 즉, 이상적 붕괴가 소위 현실적 붕괴와 구분되는 것은, 후자가 현실적 무無처럼 보이는 반면, 전자는 '이상적인 개별적인 것'에서 '무한한 현실적인 것'으로 가는 변화, 곧 '무한한 현실적인 것'에서 '개별적인 이상적인 것'으로 가는 변화라는 점, 따라서 [이상적 붕괴가] 성립물에서 성립물로 넘어가는 전환점으로 생각되는 만큼 더욱 많은 내용과 조화를

punctes schlechterdings als reales Nichts erscheinen muß, so daß jedes Bestehende also Besondere, als Alles erscheint, und ein sinnlicher Idealismus ein Epikuräismus erscheint, wie in Horaz, der wohl diesen Gesichtpunct nur dramatisch brauchte, in seinem *Prudens futuri temporis exitum* pp. treffend darstellt — also die idealische Auflösung unterscheidet sich von der sogenannt wirklichen endlich dadurch, daß diese ein reales Nichts zu seyn scheint, jene, weil sie ein Werden des ideal individuellen zum Unendlichrealen, und des unendlichrealen zum individuell idealen ist, in eben dem Grade an Gehalt und Harmonie gewinnt, jemehr sie gedacht wird als Übergang aus Bestehendem ins Bestehende, so wie auch das Bestehende in eben dem Grade an Geist gewinnt, jemehr es als entstanden aus jenem Übergange oder entstehend zu jenem Übergange gedacht wird, so daß die Auflösung des Idealindividuellen nicht Schwächung und Tod, sondern als Aufleben als Wachstum, die Auflösung des Unendlichneuen nicht als vernichtende Gewalt, sondern als Liebe und beedes zusammen als ein (transcendentaler) schöpferischer Act erscheint, dessen Wesen es ist, idealindividuelles und realunendliches zu vereinen, dessen Product also das mit idealindividuellem vereinigte realunendliche dann das Unendlichreale die Gestalt des individuellidealen, und dieses das Leben des Unend-

얻는다는 점 때문이다. 이는 성립물이 전환에서 생성된 것으로 생각되는 만큼 정신을 얻는 것과 마찬가지이다. 따라서 '이상적인 개별적인 것'의 붕괴는 쇠약이나 죽음이 아니라 생동이자 성장으로 나타나며, '무한한 새로운 것'의 붕괴는 파멸적인 폭력이 아니라 사랑으로 나타나며, 이 둘은 화합하여 (초월적인) 창조적 행위로 나타나게 된다. 그 [창조적 행위의] 본질은 '이상적인 개별적인 것'과 '현실적인 무한한 것'을 합일하는 데에 있으며, 그 합일의 결과는 '이상적인 개별적인 것'과 합일된 '현실적인 무한한 것'이다. 여기서 '무한한 현실적인 것'은 '개별적인 이상적인 것'의 형상을 취하고, 후자는 '무한한 현실적인 것'의 생을 취하여, 둘은 신화적 상태로 합일된다. 이 신화적 상태에서는 '무한한 현실적인 것'과 '유한한 이상적인 것' 간의 간극도 멎고, 전환도 멎으며, 그리하여 전환이 정着을 얻은 만큼 '무한한 현실적인 것'과 '유한한 이상적인 것'은 생명을 얻는다. 이 상태는 서정시적인 '무한한 현실적인 것'과 혼동되어서는 안 되며, 그 생성 과정에서 서사시적인 '개별적인 이상적인 것'과 혼동되어서도 안 된다. 두 경우 모두에 그 상태는 전자의 정신을 후자의 감각성과 합일시키기 때문이다. 그 상태는 두 경우 모두에 비극적이며, 즉 '무한한 현실적인 것'을 '유한한 이상적인 것'과 합일시키기 때문이다. 두 경우 사이에는 정도의 차이만 있을 뿐이다. 전환의 순간에도 정

lichrealen annimmt, und beide sich in einem mythischen Zustande vereinigen, wo mit dem Gegensaze des Unendlichrealen und endlichidealen, auch Übergang aufhört, so weit daß dieser an Ruhe gewinnt, was jene Leben gewonnen, ein Zustand welcher nicht zu verwechseln, mit dem lyrischen Unendlichrealen, so wenig als er in seiner Entstehung während des Überganges zu verwechseln dem episch darstellbaren individuellidealen, denn in beeden Fällen vereiniget er den Geist des einen, mit der Faßlichkeit Sinnlichkeit des andern. Er ist in beeden Fällen tragisch, d.h. vereiniget in beeden Fällen Unendlichreales mit endlichidealem, und beede Fälle sind nur gradweise verschieden, denn auch während des Überganges sind Geist und Zeichen, mit andern Worten die Materie des Überganges mit diesem und dieser mit jener (transcendentales mit isolirtem) wie beseelte Organe organischer Seele, harmonisch entgegengesezt Eines.

Aus dieser tragischen Vereinigung des Unendlichneuen und endlichalten entwikelt sich dann ein neues Individuelles, indem das Unendlichneue, vermittelst dessen, daß es die des Gestalt endlichalten annahm, sich nun in eigener Gestalt individualisirt.

Das neuindividuelle strebt, nun in eben dem Grade, sich zu isoliren, und aus der Unendlichkeit loszuwinden, als auf dem zweiten Gesichtspuncte das isolirte, individuell alte, sich zu ver-

신과 상징은 전환의 질료와 상징처럼, 초월적인 것과 고립된 것처럼, 영혼이 깃든 유기체와 유기적 영혼처럼 조화롭게 대립하는 가운데 하나이기 때문이다.

이와 같은 '무한한 새로운 것'과 '유한한 낡은 것' 사이의 비극적 합일로부터 새로운 개별적인 것이 창출되니, 이는 '무한한 새로운 것'이 '유한한 낡은 것'의 형상을 취함으로써 고유의 형상으로 개별화된 것이다.

'새로운 개별적인 것'은 이제 무한에서 떨어져 나오면서 스스로를 고립시키고자 하는바, 이는 두 번째 관점에서 고립된 '개별적인 오래된 것'이 스스로를 일반화하고, 이어 무한한 삶의 느낌 속으로 붕괴되고자 하는 과정과 상응한다. **'무한한 새로운 것'이 붕괴시키는 미지의 힘으로서 '개별적인 오래된 것'과 관계 맺는 순간, '개별적인 새로운 것'의 단계는 종료된다.** 마찬가지로 이전 단계에서는 새로운 것이 미지의 권력으로서 '무한한-낡은 것'과 관계를 맺었다. 이 두 단계는 서로 대립하는데, 전자는 무한한 것에 대한 개별적인 것의 지배, 즉 총체에 대한 개별자의 지배이며, 후자는 개별적인 것에 대한 무한한 것의 지배, 즉 개별자에 대한 총체의 지배이다. 이 두 번째 단계의 종결점과 세 번째 단계의 시작점은, 삶의 느낌(자아)으로서의 '무한한 새로운 것'이 대상(비자아)으로서의 '개별적인 오래된 것'과 관계 맺는 순간이니, […]

allgemeinern, und ins unendliche Lebensgefühl aufzulösen strebt. Der Moment, wo die Periode des individuellneuen sich endet, ist da, wo das Unendlichneue als auflösende, als unbekannte Macht zum individuell-alten sich verhält, eben so wie in der vorigen Periode das neue, sich als unbekannte Macht zum Unendlichalten verhalten, und diese zwei Perioden sind sich entgegengesezt, und zwar die erste als Herrschaft des individuellen über das Unendliche, des einzelnen über das Ganze, der zweiten als der Herrschaft des Unendlichen über das Individuelle, des Ganzen über das Einzelne. Das Ende dieser zweiten Periode und der Anfang der dritten liegt in dem Moment, wo das Unendlichneue als Lebensgefühl (als Ich) sich zum individuellalten als Gegenstand (als Nichtich) verhält,

— — — — — —

Nach diesen Gegensäzen tragische Vereinigung der Karaktere, nach dieser Gegensäze der Karaktere zum Wechselseitigen und umgekehrt. Nach diesen die tragische Vereinigung beeder.

———————

이 대비들 이후에는 성질들의 비극적 합일이 있으며, 그 이후에는 성질들의 상호 대비와 그 반대가 있다. 다시 그 이후에는 양자의 합일이 있다.

4부

메아리들

In lieblicher Bläue...

In lieblicher Bläue blühet mit dem metallenen Dache der Kirchthurm. Den umschwebet Geschrei der Schwalben, den umgiebt die rührendste Bläue. Die Sonne gehet hoch darüber und färbet das Blech, im Winde aber oben stille krähet die Fahne. Wenn einer unter der Gloke dann herabgeht, jene Treppen, ein stilles Leben ist es, weil, wenn abgesondert so sehr die Gestalt ist, die Bildsamkeit herauskommt dann des Menschen. Die Fenster, daraus die Gloken tönen, sind wie Thore an Schönheit. Nemlich, weil noch der Natur nach sind die Thore, haben diese die Ähnlichkeit von Bäumen des Walds. Reinheit aber ist auch Schönheit. Innen aus Verschiedenem entsteht ein ernster Geist. So sehr einfältig aber die Bilder, so sehr heilig sind die, daß man wirklich oft fürchtet, die zu beschreiben. Die Himmlischen aber, die immer gut sind, alles zumal, wie Reiche, haben diese, Tugend und Freude. Der Mensch darf das nachahmen. Darf, wenn lauter Mühe das Leben, ein Mensch aufschauen und sagen: so will ich auch seyn? Ja. So lange die Freundlichkeit noch am Herzen, die Reine, dauert, misset nicht unglüklich der Mensch sich

사랑스러운 푸르름 속에서…⁸⁰

사랑스러운 푸르름 속에서 금속 지붕을 단 교회 첨탑이 피어난다. 그 주위를 에워싸는 제비들의 외침, 그 주위를 에워싸는 너무도 아련한 푸르름. 태양이 그 위로 높이 솟으며 철판을 물들일 때, 바람 속에서 조용히 격격 울어대는 깃발. 누군가 종탑을 내려갈 때, 그 계단을 밟을 때 삶은 고요해지니, 이유인즉 형상이 그토록 괴리되어 있을 때 비로소 인간의 조형력이 흘러나오기 때문이다. 종소리 울려 퍼지는 창문들은, 미美에 접한 문과 같다. 이는 문이 그 본질상 숲의 나무와 닮아 있기 때문이다. 그러나 순수함 역시 미다. 내부에서는 여러 가지가 모여 하나의 진지한 정신을 생성한다. 상像들은 그토록 천진하며, 그토록 성스러워, 이를 묘사하는 일은 진실로 두려울 때가 많다. 반면 천신들은 항상 선하고, 마치 부자와 같이 모든 것을 가졌으니, 미덕과 환희마저 지녔구나. 인간은 이를 본받아야 하리. 삶이 고난일 뿐이라면, 인간은 위를 바라보며 이렇게 말해도 괜찮은가, 나도 저와 같기를 바란다고? 그러하다. 친절함이 가슴에 남아 있는 동안은, 순수함이 지속되는 동안은, 인간은 불행히

mit der Gottheit. Ist unbekannt Gott? Ist er offenbar wie der
Himmel? dieses glaub' ich eher. Des Menschen Maaß ist's. Voll
Verdienst, doch dichterisch, wohnet der Mensch auf dieser Erde.
Doch reiner ist nicht der Schatten der Nacht mit den Sternen,
wenn ich so sagen könnte, als der Mensch, der heißet ein Bild
der Gottheit.

Giebt es auf Erden ein Maaß? Es giebt keines. Nemlich es
hemmen den Donnergang nie die Welten des Schöpfers. Auch
eine Blume ist schön, weil sie blühet unter der Sonne. Es findet
das Aug' oft im Leben Wesen, die viel schöner noch zu nennen
wären als die Blumen. O! ich weiß das wohl! Denn zu bluten
an Gestalt und Herz, und ganz nicht mehr zu seyn, gefällt das
Gott? Die Seele aber, wie ich glaube, muß rein bleiben, sonst
reicht an das Mächtige auf Fittigen der Adler mit lobendem Ge-
sänge und der Stimme so vieler Vögel. Es ist die Wesenheit, die
Gestalt ist's. Du schönes Bächlein, du scheinest rührend, indem
du rollest so klar, wie das Auge der Gottheit, durch die Milch-
straße. Ich kenne dich wohl, aber Thränen quillen aus dem Auge.
Ein heiteres Leben seh' ich in den Gestalten mich umblühen der
Schöpfung, weil ich es nicht unbillig vergleiche den einsamen
Tauben auf dem Kirchhof. Das Lachen aber scheint mich zu

신성神性에 자신을 비하지 않는다. 신은 알려져 있지 않은가? 신은 하늘처럼 훤히 드러나 있는가? 나는 이렇게 여긴다. 인간의 잣대로다. 공功도 많지만, 무엇보다 시인과 같은 모습으로, 인간은 이 대지 위에서 산다. 하지만 별들 가득한 밤의 그림자도, 이렇게 말할 수 있다면, 인간보다 순수하지는 않다, 그는 신성의 상이라 불리우니.

지상에는 잣대가 있는가? 없다. 천둥 내려치는 길을 창조자의 세계들이 방해하는 일은 결코 없다. 꽃 한 송이 역시 아름답다, 태양 아래 피어나기에. 눈이 삶 속에서 찾아내는 존재들은, 꽃들보다 훨씬 더 아름답다고 불러야 할 것이 많다. 오! 나는 잘 알고 있으니! 형상과 마음을 전부 피로 흘려내고 아예 존재하기를 멈추는 일은 신의 마음에 드는 것일까? 그러나 영혼은, 내 생각건대 순수하게 남아야 하니, 그렇지 않으면 강대함은 독수리의 날갯짓을 타고 찬양하는 노래로, 수많은 새들의 목소리로 가닿을 것이다. 요는 본질, 형상이다. 아름다운 냇물아, 네 모습 아련하구나, 신성의 눈처럼 명징하게 구르며 은하수를 건너는 모습이. 나 너를 익히 알고 있지만, 눈에서 눈물이 흘러나오는구나. 명랑한 삶을 나는 형상들 속에서 본다. 나를 둘러싸고 만개하는 창조의 형상들, 교회 묘지에 앉은 외로운 비둘기와 비교해도 무리가 없으리. 그러나 인간들의 웃음

grämen der Menschen, nemlich ich hab' ein Herz. Möcht' ich ein Komet seyn? Ich glaube. Denn sie haben die Schnelligkeit der Vögel; sie blühen an Feuer, und sind wie Kinder an Reinheit. Größeres zu wünschen, kann nicht des Menschen Natur sich vermessen. Der Tugend Heiterkeit verdient auch gelobt zu werden vom ernsten Geiste, der zwischen den drei Säulen wehet des Gartens. Eine schöne Jungfrau muß das Haupt umkränzen mit Myrthenblumen, weil sie einfach ist ihrem Wesen nach und ihrem Gefühl. Myrthen aber giebt es in Griechenland.

Wenn einer in den Spiegel siehet, ein Mann, und siehet darinn sein Bild, wie abgemahlt; es gleicht dem Manne. Augen hat des Menschen Bild, hingegen Licht der Mond. Der König Oedipus hat ein Auge zuviel vieleicht. Diese Leiden dieses Mannes, sie scheinen unbeschreiblich, unaussprechlich, unausdrüklich. Wenn das Schauspiel ein solches darstellt, kommt's daher. Wie ist mir's aber, gedenk' ich deiner jezt? Wie Bäche reißt das Ende von Etwas mich dahin, welches sich wie Asien ausdehnet. Natürlich dieses Leiden, das hat Oedipus. Natürlich ist's darum. Hat auch Herkules gelitten? Wohl. Die Dioskuren in ihrer Freundschaft haben die nicht Leiden auch getragen? Nemlich wie Herkules mit Gott zu streiten, das ist Leiden. Und die Un-

은 나를 우울하게 하니, 나에게는 마음이 있는 것이다. 나는 혜성이 되고 싶은가? 그런 듯하다. 그들은 새들과 같이 빠르기에, 그들은 불꽃으로 피어나기에, 아이들과 같이 순수하기에. 이보다 더 큰 것을 원할 정도로 인간의 본성이 어긋날 수는 없다. 미덕의 명랑함 역시, 정원의 세 기둥 사이에서 흔들리는 진지한 정신의 찬탄을 받을 여지가 있다. 한 아름다운 처녀가 머리에 뮈르테[81] 화관을 씌워야 한다. 그녀는 본성도, 감각도 순일純一하기 때문이다. 하지만 뮈르테는 그리스에서 자란다.

누군가 거울을 들여다볼 때, 한 남자가 그 안에서 자신을 베긴 듯한 상을 본다면, 그것은 남자를 닮은 것이다. 인간의 상에는 눈이 있지만, 달에는 빛이 있다. 오이디푸스 왕은 어쩌면 눈 하나가 너무 많았다. 이 남자의 이 고통들, 묘사할 수도 없고 발설할 수도 없고 표현할 수도 없는 듯하다. 극劇이 이런 것을 보여준다면, 이런 이유 때문이다. 하지만 나는 어떤가, 나는 지금 너를 기억하는가? 시냇물처럼, 무언가의 끝이 나를 어딘가로 휩쓸어 간다, 아시아처럼 펼쳐지는 곳으로. 물론 이 고통은 오이디푸스의 것이다. 물론 그렇기 때문이다. 헤라클레스도 고통받았는가? 그랬으리라. 제우스의 아들들 역시 그 우정 속에서 고통을 겪지 않았는가? 헤라클레스처럼 신과 싸우는 일, 그것

sterblichkeit im Neide dieses Lebens, diese zu theilen, ist ein Leiden auch. Doch das ist auch ein Leiden, wenn mit Sommerfleken ist bedekt ein Mensch, mit manchen Fleken ganz überdekt zu seyn! Das thut die schöne Sonne: nemlich die ziehet alles auf. Die Jünglinge führt die Bahn sie mit Reizen ihrer Stralen wie mit Rosen. Die Leiden scheinen so, die Oedipus getragen, als wie ein armer Mann klagt, daß ihm etwas fehle. Sohn Laios, armer Fremdling in Griechenland! Leben ist Tod, und Tod ist auch ein Leben.

이야말로 고통이다. 또한 이 삶을 질투하는 불멸도, 또 불멸을 나누는 일도 고통이다. 그러나 인간이 여름의 얼룩으로 뒤덮이는 일도 고통이다, 어떤 얼룩에 완전히 가려지는 일은! 이는 아름다운 태양이 행한 바, 그녀는 만물을 기른다. 장미를 들어 그리하듯, 빛살로 돋우며 젊은이들을 인도한다. 그러니 오이디푸스가 겪은 고통은 마치 가난한 남자가 무언가 부족하다며 탄식하는 것처럼 보인다. 라이오스의 아들이여, 그리스의 불쌍한 이방인이여! 삶은 죽음이고, 죽음 역시 하나의 삶이다.

Das Angenehme dieser Welt...

Das Angenehme dieser Welt hab' ich genossen,

Die Jugendstunden sind, wie lang! wie lang! verflossen,

April und Mai und Julius sind ferne.

Ich bin nichts mehr, ich lebe nicht mehr gerne!

이 세상의 안락을…

이 세상의 안락을 나는 다 즐겼네,

젊은 날들은 이제 흘러가 버렸으니, 오래, 오래전이네!

사월, 오월, 유월은 저 멀리에 있고,

나는 아무것도 아니네, 사는 것이 기쁘지 않네!

An Zimmern

Die Linien des Lebens sind verschieden

Wie Wege sind, und wie der Berge Gränzen.

Was hier wir sind, kan dort ein Gott ergänzen

Mit Harmonien und ewigem Lohn und Frieden.

치머에게

삶의 궤적들 제각기 다르니
여러 길들, 산맥의 경계와도 같구나.
지금 여기 우리의 삶은 저편의 신이 채워주리니
조화와 영원한 보상과 평화가 있으리라.

Der Herbst

Die Sagen, die der Erde sich entfernen,

Vom Geiste, der gewesen ist und wiederkehret,

Sie kehren zu der Menschheit sich, und vieles lernen

Wir aus der Zeit, die eilends sich verzehret.

Die Bilder der Vergangenheit sind nicht verlassen

Von der Natur, als wie die Tag' verblassen

Im hohen Sommer, kehrt der Herbst zur Erde nieder,

Der Geist der Schauer findet sich am Himmel wieder.

In kurzer Zeit hat vieles sich geendet,

Der Landmann, der am Pfluge sich gezeiget,

Er siehet, wie das Jahr sich frohem Ende neiget,

In solchen Bildern ist des Menschen Tag vollendet.

Der Erde Rund mit Felsen ausgezieret

Ist wie die Wolke nicht, die Abends sich verlieret,

Es zeigt sich mit einem goldnen Tage,

가을

대지에서 멀어지는 전설들
한때 있었고 장차 귀환할 정신의
전설들이 인류를 향하네, 우리는
황급히 사위는 시간에게 많은 것을 배우네.

과거의 상像들은 자연에게
버림받지 않았네, 마치 한여름에
세월의 빛 바래듯, 가을은 대지를 향해 내려앉고
전율의 정신은 다시 하늘에 거하네.

짧은 시간에 많은 것이 끝났네,
쟁기 앞에 서 있는 농부는
한 해가 경건한 끝을 향하는 모습을 보니,
이들 상 안에서 인간의 하루가 완성되네.

대지의 구球는 암석으로 꾸며져
저녁이 되면 흩어지는 구름과 달리
황금의 하루로 그 모습 드러나니,

Und die Vollkommenheit ist ohne Klage.

비탄 없이 완전하네.

Der Sommer

Das Erntefeld erscheint, auf Höhen schimmert

Der hellen Wolke Pracht, indes am weiten Himmel

In stiller Nacht die Zahl der Sterne flimmert,

Groß ist und weit von Wolken das Gewimmel.

Die Pfade gehn entfernter hin, der Menschen Leben,

Es zeiget sich auf Meeren unverborgen,

Der Sonne Tag ist zu der Menschen Streben

Ein hohes Bild, und golden glänzt der Morgen.

Mit neuen Farben ist geschmückt der Gärten Breite,

Der Mensch verwundert sich, daß sein Bemühn gelinget,

Was er mit Tugend schafft, und was er hoch vollbringet,

Es steht mit der Vergangenheit in prächtigem Geleite.

여름

경작지가 나타나네, 높은 곳에서 빛나는
밝은 구름의 위엄, 저 넓은 하늘에는
조용한 밤에 별의 숫자들 반짝이고,
군중의 무리는 크고 또 구름에서 머네.

길은 점점 멀리 사라지네, 인간의 삶은
바다 위에 숨김 없이 드러나네,
태양의 빛은 인간의 갈 길을 비추는
높은 상像이네, 아침은 황금으로 빛나네.

새로운 색으로 꾸미어진 너른 정원,
인간은 자신의 노력이 성함에 놀라네,
덕으로 행하는 바, 드높이 완성하는 바가,
과거와 함께 찬란하게 서 있네.

Der Frühling

Es kommt der neue Tag aus fernen Höhn herunter,

Der Morgen, der erwacht ist aus den Dämmerungen,

Er lacht die Menschheit an, geschmückt und munter,

Von Freuden ist die Menschheit sanft durchdrungen.

Ein neues Leben will der Zukunft sich enthüllen,

Mit Blüten scheint, dem Zeichen froher Tage,

Das große Tal, die Erde sich zu füllen,

Entfernt dagegen ist zur Frühlingszeit die Klage.

Mit Unterthänigkeit

d: 3ten März 1648.   Scardanelli.

봄

새로운 하루가 저 멀리 높은 곳에서 내려온다,
지금 깨어나는 아침은 새벽에서 온 것이니,
치장하여 넘치는 기운으로 인간에게 웃음 짓고,
인간은 그 기쁨으로 온통 가득하구나.

새로운 삶 하나가 미래에 모습을 드러내려 한다,
꽃들과 함께, 이는 기쁜 날들의 징표이니,
넓은 골짜기가 나타나고, 대지는 스스로를 채우네,
봄의 시간, 멀리 있는 것은 단지 비탄이네.

             충직함을 담아
1648년 3월 3일   스카르다넬리.[82]

Aussicht

Der off'ne Tag ist Menschen hell mit Bildern,

Wenn sich das Grün aus ebner Ferne zeiget,

Noch eh' des Abends Licht zur Dämmerung sich neiget,

Und Schimmer sanft den Klang des Tages mildern.

Oft scheint die Innerheit der Welt umwölkt, verschlossen,

Des Menschen Sinn von Zweifeln voll, verdrossen,

Die prächtige Natur erheitert seine Tage

Und ferne steht des Zweifels dunkle Frage.

Mit Unterthänigkeit

Den 24. März 1671   Scardanelli.

풍경

열린 대낮은 인간에게 밝은 그림들이네,

먼 평야의 녹색이 스스로 드러날 때,

저녁 빛이 아직 황혼으로 기울지 않았을 때,

어스름이 부드럽게 하루의 소리를 붙잡을 때,

세계의 안쪽은 구름에 휩싸인 듯, 닫혀 있는 듯하지만,

인간의 감각은 의심으로 가득한 듯, 권태로운 듯하지만,

장려한 자연이 그의 날들을 맑게 바꾸니

의심의 어두운 물음은 저 멀리에 서 있네.

                               충직함을 담아

1671년 3월 24일   스카르다넬리.

Der Frühling

Die Sonne glänzt, es blühen die Gefilde,

Die Tage kommen blütenreich und milde,

Der Abend blüht hinzu, und helle Tage gehen

Vom Himmel abwärts, wo die Tag' entstehen.

Das Jahr erscheint mit seinen Zeiten

Wie eine Pracht, wo Feste sich verbreiten,

Der Menschen Tätigkeit beginnt mit neuem Ziele,

So sind die Zeichen in der Welt, der Wunder viele.

        mit Unterthänigkeit

d. 24 April   Scardanelli.

  1839.

봄

태양은 빛나고, 풍경은 피어나고,
꽃으로 풍요로운 따스한 날들이 오는구나,
저녁도 그에 더해 피어나고, 밝은 날들은
하늘로부터 하강한다, 날들이 생겨나는 그곳으로.

한 해는 계절들과 더불어 나타나니
마치 축제의 기운이 퍼져나갈 적의 화려함 같고,
인간의 일은 새로운 목적으로 시작되니,
세상 안의 징표들, 수많은 기적들이 있네.

충직함을 담아

1839년   스카르다넬리.
4월 24일.

Höheres Leben

Der Mensch erwählt sein Leben, sein Beschließen,

Von Irrtum frei kennt Weisheit er, Gedanken,

Erinnrungen, die in der Welt versanken,

Und nichts kann ihm der innern Wert verdrießen.

Die prächtige Natur verschönet seine Tage,

Der Geist in ihm gewährt ihm neues Trachten

In seinem Innern oft, und das, die Wahrheit achten,

Und höhern Sinn, und manche seltne Frage.

Dann kann der Mensch des Lebens Sinn auch kennen,

Das Höchste seinem Zweck, das Herrlichste benennen,

Gemäß der Menschheit so des Lebens Welt betrachten,

Und hohen Sinn als höhres Leben achten.

Scardanelli.

더 높은 삶

인간은 스스로의 삶과 결정을 택하네,
틀림없이 그는 지혜를 알아보네, 생각과
또 세상 속에서 침몰해 버린 기억들을.
그 무엇도 내면의 가치를 권태롭게 하지 않네.

찬란한 자연은 그의 나날을 아름답게 하고,
그가 품은 정신은 새로운 길을 허락하네
가끔 내면에서 진리를 알아차림을,
더 높은 감각과, 또 몇몇 기이한 질문을.

그러면 인간은 삶의 의미를 알아볼 수 있네,
그 가장 높은 목표를, 가장 위대한 이름을 부르고,
인간답게, 삶이라는 세계를 바라볼 수 있네,
높은 감각이 곧 더 높은 삶임을 알아차리네.

스카르다넬리.

Höhere Menschheit

Den Menschen ist der Sinn ins Innere gegeben,

Dass sie als anerkannt das Beßre wählen,

Es gilt als Ziel, es ist das wahre Leben,

Von dem sich geistiger des Lebens Jahre zählen.

Scardinelli.

더 높은 인간성

인간에게는 안으로 향하는 감각이 주어졌네,
더 나은 것을 인식하고 택하도록,
그것은 목표이고, 진실된 삶이니,
삶의 세월은 깊은 정신으로 이를 헤아리네.

스카르다넬리.

Des Geistes Werden...

Des Geistes Werden ist den Menschen nicht verborgen,
Und wie das Leben ist, das Menschen sich gefunden.
Es ist des Lebens Tag, es ist des Lebens Morgen,
Wie Reichtum sind des Geistes hohe Stunden.

Wie die Natur sich dazu herrlich findet,
Ist, daß der Mensch nach solcher Freude schauet.
Wie er dem Tage sich, dem Leben sich vertrauet.
Wie er mit sich den Bund des Geistes bindet.

정신의 변화는…

정신의 변화는 인간들에게 숨겨져 있지 않다,
인간들이 찾아낸 삶이 그러하듯
삶의 낮도, 삶의 아침도 그러하니
정신의 높은 시간들은 풍족함을 닮았다.

그에 맞춰 자연이 어우러짐은
인간이 그런 기쁨을 찾아보고
하루에, 또 삶에 자신을 맡기는 것과 같고
저 자신과 정신으로 맺어지는 모습과 같다.

Der Frühling

Der Mensch vergißt die Sorgen aus dem Geiste,

Der Frühling aber blüh't, und prächtig ist das meiste,

Das grüne Feld ist herrlich ausgebreitet,

Da glänzend schön der Bach hinuntergleitet.

Die Berge stehn bedecket mit den Bäumen,

Und herrlich ist die Luft in offnen Räumen,

Das weite Tal ist in der Welt gedehnet

Und Turm und Haus an Hügeln angelehnet.

mit Unterthänigkeit

Scardanelli.

봄

사람은 근심을 정신에서 잊는구나,
봄은 그저 피어나고, 많은 꽃은 화려하고,
푸른 들판은 장려하게 펼쳐져 있으니
빛나는 냇물이 아름답게 그 위를 흐른다.

산들은 나무로 뒤덮인 채 서 있구나,
열린 공간에 부는 공기는 장려하니,
너른 골짜기는 세계 안에 트여 있고
탑과 건물은 언덕에 기대어 있다.

　　　　　　충직함을 담아
　　　　　　스카르다넬리.

Der Sommer

Wenn dann vorbei des Frühlings Blüte schwindet,

So ist der Sommer da, der um das Jahr sich windet.

Und wie der Bach das Tal hinuntergleitet,

So ist der Berge Pracht darum verbreitet.

Daß sich das Feld mit Pracht am meisten zeiget,

Ist, wie der Tag, der sich zum Abend neiget;

Wie so das Jahr verweilt, so sind des Sommers Stunden

Und Bilder der Natur dem Menschen oft verschwunden.

d. 24 Mai

   1778.   Scardanelli.

여름

이제 봄의 꽃들이 흩어져 사라지는 때
여름이 와 있네, 한 해를 끼고 흐르는 듯.
시냇물이 산골짜기로 흘러 내려가고,
산들의 웅장함도 멀리 뻗어나가네.
들판이 누구보다 웅장하게 모습을 드러내니
마치 저녁을 향해 기우는 낮과도 같네.
한 해가 이렇게 멈출 때, 여름의 시간들,
자연의 상들은 자꾸만 인간을 떠나네.

　1778년
5월 24일.　　　　　　　　스카르다넬리.

Der Winter

Wenn bleicher Schnee verschönert die Gefilde,

Und hoher Glanz auf weiter Ebne blinkt,

So reizt der Sommer fern, und milde

Naht sich der Frühling oft, indes die Stunde sinkt.

Die prächtige Erscheinung ist, die Luft ist feiner,

Der Wald ist hell, es geht der Menschen keiner

Auf Straßen, die zu sehr entlegen sind, die Stille machet

Erhabenheit, wie dennoch alles lachet.

Der Frühling scheint nicht mit der Blüten Schimmer

Dem Menschen so gefallend, aber Sterne

Sind an dem Himmel hell, man siehet gerne

Den Himmel fern, der ändert fast sich nimmer.

Die Ströme sind, wie Ebnen, die Gebilde

Sind, auch zerstreut, erscheinender, die Milde

Des Lebens dauert fort, der Städte Breite

겨울

창백한 눈이 들판을 아름답게 할 때,
높은 광채가 넓은 평야 위에 깜빡일 때,
여름은 먼 곳에서 마음을 당기네, 부드럽게
봄은 또 다가오고, 하루의 시간이 가라앉으면.

찬란한 나타남이 있고, 공기는 더 순수해지고,
숲은 밝으니, 사람들 중에는 누구 하나
길을 걷는 이 없네, 멀리 떨어진 길들, 고요는
숭고함을 짓지만, 실은 모든 것이 웃고 있네.

봄이 가져오는 꽃들, 그 옅은 빛이
사람들의 마음에 들지 않네, 하지만 별들은
하늘에서 밝아지고, 사람들은 즐거이
하늘을 멀리 두고 보네, 거의 불변의 하늘을.

강들은 평야가 그러하듯 지어진 것이니,
사방에 흩어진 채 모습을 드러내네, 삶의
부드러움은 오래 남네, 도시들의 윤곽은

Erscheint besonders gut auf ungemeßner Weite.

한없는 평원 위에 뚜렷이 드러나네.

Winter

Wenn sich das Laub auf Ebnen weit verloren,

So fällt das Weiß herunter auf die Thale,

Doch glänzend ist der Tag vom hohen Sonnenstrale,

Es glänzt das Fest den Städten aus den Thoren.

Es ist die Ruhe der Natur, des Feldes Schweigen

Ist wie des Menschen Geistigkeit, und höher zeigen

Die Unterschiede sich, daß sich zu hohem Bilde

Sich zeiget die Natur, statt mit des Frühlings Milde.

d. 25 Dezember

1841.

Dero

unterthänigster

Scardanelli.

겨울

평야의 잎사귀들이 멀리 스러지면,
흰색은 골짜기로 떨어지네,
그럼에도 한낮은 높은 햇빛으로 반짝이고,
도시의 성문으로 축제의 빛은 쏟아지네.

이는 자연의 고요이니, 들판의 침묵은
사람의 정신과 같네, 드높이 드러나는
분별들, 이는 자연이 높은 상像으로
드러나기 위함이네, 봄의 부드러움 없이.

1841년
    12월 25일.
  귀하의
      가장 충직한 종
          스카르다넬리.

Der Winter

Das Feld ist kahl, auf ferner Höhe glänzet
Der blaue Himmel nur, und wie die Pfade gehen,
Erscheinet die Natur, als Einerlei, das Wehen
Ist frisch, und die Natur von Helle nur umkränzet.

Der Erde Stund ist sichtbar von dem Himmel
Den ganzen Tag, in heller Nacht umgeben,
Wenn hoch erscheint von Sternen das Gewimmel,
Und geistiger das weit gedehnte Leben.

겨울

들판은 텅 비었네, 저 멀리 높은 곳에
푸른 하늘만 빛나고, 오솔길 펼쳐지듯
자연은 나타나네, 한 갈래로, 바람은
청명하고, 밝음은 자연에게 관冠이 되어주네.

대지의 시간은 하늘에서 잘 보이네
하루 종일, 밝은 밤에 둘러싸여 있네
별들 사이 높은 곳 한구석이 이지러질 때,
드넓게 펼쳐진 삶은 정신으로 나타나네.

Der Sommer

Noch ist die Zeit des Jahrs zu sehn, und die Gefilde

Des Sommers stehn in ihrem Glanz, in ihrer Milde;

Des Feldes Grün ist prächtig ausgebreitet,

Allwo der Bach hinab mit Wellen gleitet.

So zieht der Tag hinaus durch Berg und Thale,

Mit seiner Unaufhaltsamkeit und seinem Strale,

Und Wolken ziehn in Ruh', in hohen Räumen,

Es scheint das Jahr mit Herrlichkeit zu säumen.

Mit Unterthänigkeit

d. 9ten Merz   Scardanelli

    1940.

여름

아직은 한 해의 시간이 보인다, 저 여름의
들판은 빛을 내며 그 따스함 안에 서 있고,
들의 녹색은 화려하게 펼쳐져 있구나,
시냇물이 물결을 일으키며 흘러가는 곳마다.

이처럼 하루는 산과 골짜기 사이로 나아간다,
멈출 수 없는 힘으로 빛줄기를 뻗으며,
그러면 구름은 고요히 흐른다, 높은 공간에서,
한 해를 장려하게 삼가 감싸는 듯하다.

　　　　　　　　　　　충직함을 담아
1940년　　　　　　　　　스카르다넬리
3월 9일.

Der Frühling

Wenn neu das Licht der Erde sich gezeiget,

Von Frühlingsregen glänzt das grüne Tal und munter

Der Blüten Weiß am hellen Strom hinunter,

Nachdem ein heitrer Tag zu Menschen sich geneiget.

Die Sichtbarkeit gewinnt von hellen Unterschieden,

Der Frühlingshimmel weilt mit seinem Frieden,

Dass ungestört der Mensch des Jahres Reiz betrachtet,

Und auf Vollkommenheit des Lebens achtet.

Mit

Unterthänigkeit

Scardanelli.

d. 15 Merz

   1842

봄

대지의 빛이 다시 한번 저절로 드러날 때,
봄비 내린 골짜기가 녹색으로 빛나고
꽃잎의 흰빛이 밝은 물길 위에 실려 갈 때,
맑았던 대낮이 이제 인간들 쪽으로 저문 후에.

시야는 밝은 차이들로 더 풍성해지고,
봄 하늘은 그 평화를 품고서 머무르네,
인간이 한 해의 감각을 방해 없이 바라보도록,
그리고 삶의 완전함을 유념할 수 있도록

충직함을
담아

1842년   스카르다넬리.

3월 15일

Der Herbst

Das Glänzen der Natur ist höheres Erscheinen,

Wo sich der Tag mit vielen Freuden endet,

Es ist das Jahr, das sich mit Pracht vollendet,

Wo Früchte sich mit frohem Glanz vereinen.

Das Erdenrund ist so geschmückt, und selten lärmet

Der Schall durchs offne Feld, die Sonne wärmet

Den Tag des Herbstes mild, die Felder stehen

Als eine Aussicht weit, die Lüfte wehen

Die Zweig' und Äste durch mit frohem Rauschen

Wenn schon mit Leere sich die Felder dann vertauschen,

Der ganze Sinn des hellen Bildes lebt

Als wie ein Bild, das goldne Pracht umschwebet.

d. 15ten Nov.

1759.

가을

자연의 찬란함이 드높이 나타나네,
하루가 여러 가지 기쁨으로 끝맺을 때,
한 해는 화려하게 완성되고,
열매들은 환한 빛깔로 하나 되네.

대지의 구球는 이렇게 꾸며졌네, 드물게 울리는
소리가 열린 들판을 지나가고, 따스한 태양은
가을 나절을 덥히고, 들판은 하나의 풍경으로
먼 곳까지 열려 있고, 미풍이 불어와

나무의 가지들 기쁨으로 떨리게 하네
이제 벌써 허공이 들판과 자리를 바꿀 때,
이 밝은 그림의 온 의미 살아나네
황금빛 장관이 에워싼 하나의 그림처럼.

1759년
11월 15일.

Der Sommer

Im Thale rinnt der Bach, die Berg' an hoher Seite,

Sie grünen weit umher an dieses Thales Breite,

Und Bäume mit dem Laube stehn gebreitet,

Daß fast verborgen dort der Bach hinunter gleitet.

So glänzt darob des schönen Sommers Sonne,

Dass fast zu eilen scheint des hellen Tages Wonne,

Der Abend mit der Frische kommt zu Ende,

Und trachtet, wie er das dem Menschen noch vollende.

mit Unterthänigkeit

d. 24 Mai   Scardanelli.

1758.

여름

골짜기에는 시내가 흐르고, 그 곁에서
저 넓은 골짜기를 끼고 산들은 푸르러지네,
이파리를 펼친 나무들도 곁에 서 있으니,
시냇물은 마치 감추어진 듯 그곳을 흐르네.

아름다운 여름의 태양이 이제 그 위로 빛나니,
밝은 대낮의 행복은 마치 서둘러 가버리는 듯,
선선한 바람과 함께 저녁도 이제 끝을 향해 가며,
인간을 위해 어떻게 하루를 완성해 줄지 고민하네.

                              충직함을 담아
　1758년   스카르다넬리.
5월 24일.

293

Der Sommer

Die Tage gehn vorbei mit sanfter Lüfte Rauschen,

Wenn mit der Wolke sie der Felder Pracht vertauschen,

Des Tales Ende trifft der Berge Dämmerungen,

Dort, wo des Stromes Wellen sich hinabgeschlungen.

.

Der Wälder Schatten sieht umhergebreitet,

Wo auch der Bach entfernt hinuntergleitet,

Und sichtbar ist der Ferne Bild in Stunden,

Wenn sich der Mensch zu diesem Sinn gefunden.

d. 24 Mai   Scardanelli.

　1758.

여름

가벼운 공기가 흐르듯 지나가는 나날,
들판의 화려함을 구름과 맞바꾸면서,
골짜기의 끝자락은 산들의 어둠을 맞네,
그곳, 강의 물결이 스스로를 삼킨 곳에서.

숲의 그림자들은 이리저리 넓어졌네,
저 멀리 시냇물이 흘러 내려온 곳까지,
이렇게 먼 곳의 상像을 볼 수 있게 되는 때는,
사람이 이런 감각을 찾아낸 시간이네.

 1758년   스카르다넬리
5월 24일.

Der Mensch

Wenn aus sich lebt der Mensch und wenn sein Rest sich zeiget,

So ist's, als wenn ein Tag sich Tagen unterscheidet,

Dass ausgezeichnet sich der Mensch zum Reste neiget,

Von der Natur getrennt und unbeneidet.

Als wie allein ist er im andern weiten Leben,

Wo rings der Frühling grünt, der Sommer freundlich weilet

Bis dass das Jahr im Herbst hinunter eilet,

Und immerdar die Wolken uns umschweben.

d. 28ten Juli   mit Unterthänigkeit

   1842.   Scardanelli.

인간

인간이 스스로를 떠나면서 살 때, 그의 나머지가 드러날 때,
이는 마치 어느 한 날이 다른 날들과 구분되는 것과 같네,
돋보이는 인간이 나머지를 향해 기울어지는 것이네,
자연에서 떨어져 나온 채로, 시샘받지 않는 채로.

그가 마치 또 다른 드넓은 삶 속에서 혼자 되듯이,
봄은 사방에 녹색으로 피어나고, 여름은 친근하게 머무는
   곳에서
한 해가 가을 안에서 서둘러 저물어가는 때에,
구름 떼는 우리를 영원토록 휘감고 떠 있네.

  1842년   충직함을 담아
6월 28일.   스카르다넬리

Der Winter

Wenn ungesehn und nun vorüber sind die Bilder
Der Jahreszeit, so kommt des Winters Dauer,
Das Feld ist leer, die Ansicht scheinet milder,
Und Stürme wehn umher und Regenschauer.

Als wie ein Ruhetag, so ist des Jahres Ende,
Wie einer Frage Ton, daß dieser sich vollende,
Alsdann erscheint des Frühlings neues Werden,
So glänzet die Natur mit ihrer Pracht auf Erden.

Mit Unterthänigkeit

d. 24 April   Scardanelli.

1849.

겨울

본 사람 없이 이제 지나가 버린
계절의 그림들, 이제 긴 겨울이 오네,
빈 들판, 풍경은 더 부드럽게 나타나고,
폭풍과 비바람이 휘몰아치네.

마치 안식일처럼, 한 해는 끝나네,
마치 되묻는 목소리처럼, 완성을 향해 가고,
때맞추어 봄의 새로운 소생이 나타나니,
자연은 대지 위에서 화려하게 빛나네.

충직함을 담아,
1849년   스카르다넬리.
4월 24일.

Der Winter

Wenn sich das Jahr geändert, und der Schimmer

Der prächtigen Natur vorüber, blühet nimmer

Der Glanz der Jahreszeit, und schneller eilen

Die Tage dann vorbei, die langsam auch verweilen.

Der Geist des Lebens ist verschieden in den Zeiten

Der lebenden Natur, verschiedne Tage breiten

Das Glänzen aus, und immerneues Wesen

Erscheint den Menschen recht, vorzüglich und erlesen.

Mit Unterthänigkeit

Scardanelli.

d. 24 Januar

1676.

겨울

한 해가 변해버린 후에, 어스름한 빛이
자연을 지나가 버리고 나면, 더는
계절의 찬란함이 꽃피지 않네, 다급하게
날들은 스쳐 지나가네, 천천히 머무르면서.

삶의 정신은 시간을 지나며 변화하네
살아 있는 자연 속에서, 여러 날들은
광명을 펼쳐 보이네, 언제나 새로운 본질은
인간 앞에 올바르게, 빼어나게 정선精選되어 나타나네.

충직함을 담아
스카르다넬리

1676년
1월 24일.

301

Der Winter

Wenn sich der Tag des Jahrs hinabgeneiget

Und rings das Feld mit den Gebirgen schweiget,

So glänzt das Blau des Himmels an den Tagen,

Die wie Gestirn in heitrer Höhe ragen.

Der Wechsel und die Pracht ist minder umgebreitet,

Dort, wo ein Strom hinab mit Eile gleitet,

Der Ruhe Geist ist aber in den Stunden

Der prächtigen Natur mit Tiefigkeit verbunden.

Mit Unterthänigkeit

Scardanelli.

d.24

Januar

1743.

겨울

한 해의 하루가 아래로 저물고 나서
사방의 들판과 산들도 아무 말 없을 때,
하늘의 푸름은 날마다 밝게 빛나네,
마치 별빛처럼 창공을 드높게 오르네,

물길이 다급하게 흐르는 저곳에서는,
변천과 장려함이 적게 펼쳐져 있네,
허나 고요의 정신은 흐르는 시간 속에
장려한 자연과 깊이 이어져 있네.

충직함을 담아

1743년   스카르다넬리.

  1월

  24일.

Griechenland

Wie Menschen sind, so ist das Leben prächtig,

Die Menschen sind der Natur öfters mächtig,

Das präch't'ge Land ist Menschen nicht verborgen,

Mit Reiz erscheint der Abend und der Morgen.

Die offnen Felder sind als in der Ernte Tage

Mit Geistigkeit ist weit umher die alte Sage,

Und neues Leben kommt aus Menschheit wieder

So sinkt das Jahr mit einer Stille nieder.

Mit Unterthänigkeit

Den 24t. Mai 1748   Scardanelli.

그리스

인간이 살아가는 모습 그대로, 삶은 화려하다
인간은 살아가며 자연을 자주 힘으로 다룬다
화려한 대지는 인간에게 감추는 바 없고
저녁도 아침도 감각을 일깨우며 나타난다.
탁 트인 들판은 마치 추수철의 날들 같고
정신을 널리 머금은 오래된 이야기 같고
그리고 인간에게서 새로운 삶이 생겨날 때
한 해는 고요하게 아래로 가라앉는다.

                                충직함을 담아
1748년 5월 24일   스카르다넬리.

Der Frühling

Der Tag erwacht, und prächtig ist der Himmel,

Entschwunden ist von Sternen das Gewimmel,

Der Mensch empfindet sich, wie er betrachtet,

Der Anbeginn des Jahrs wird hoch geachtet.

Erhaben sind die Berge, wo die Ströme glänzen,

Die Blütenbäume sind, als wie mit Kränzen,

Das junge Jahr beginnt, als wie mit Festen,

Die Menschen bilden mit Höchsten sich und Besten.

mit Unterthänigkeit

d. 24 Mai   Scardanelli.

1748.

봄

하루가 깨어나니, 하늘은 화창하다,
별들에게선 그 분주함이 이탈했고,
인간은 스스로를 느끼고 또 관찰하니,
한 해의 시작을 높이 바라본다.

물길 빛나는 산들은 장엄하구나,
꽃나무들은 마치 왕관을 쓴 듯하고,
한 해의 시작은 마치 잔치가 열린 듯하고,
인간은 가장 귀하고 좋은 것으로 삶을 짓는다.

충직함을 담아

스카르다넬리.

 1748년
5월 24일.

Der Frühling

Die Sonne kehrt zu neuen Freuden wieder,

Der Tag erscheint mit Strahlen, wie die Blüte,

Die Zierde der Natur erscheint sich dem Gemüte,

Als wie entstanden sind Gesang und Lieder.

Die neue Welt ist aus der Tale Grunde,

Und heiter ist des Frühlings Morgenstunde,

Aus Höhen glänzt der Tag, des Abends Leben

Ist der Betrachtung auch des innern Sinns gegeben.

d. 20   Mit Unterthänigkeit

Jan.

1758.   Scardanelli.

봄

태양이 새로운 기쁨으로 돌아오니,
빛살로 가득한 낮이 나타나네, 꽃처럼
자연의 치장이 스스로 마음에 비치네,
마치 노래와 가락이 일어나는 것처럼.

새로운 세계는 골짜기 낮은 곳에서 나고,
봄날의 이른 아침 시간은 맑게 트이고,
높은 곳에서는 낮이 빛나네, 저녁의 삶은
내면의 감각을 관찰하는 데 주어진 것이네.

1758년.   충직함을 담아
　1월
　20일.   스카르다넬리.

Der Frühling

Wenn aus der Tiefe kommt der Frühling in das Leben,

Es wundert sich der Mensch, und neue Worte streben

Aus Geistigkeit, die Freude kehret wieder

Und festlich machen sich Gesang und Lieder.

Das Leben findet sich aus Harmonie der Zeiten,

Dass immerdar den Sinn Natur und Geist geleiten,

Und die Vollkommenheit ist Eines in dem Geiste,

So findet vieles sich, und aus Natur das Meiste.

Mit Unterthänigkeit

Scardanelli.

d. 24 Mai

   1758.

봄

심연으로부터 나온 봄이 삶으로 들어오면
인간은 놀라워하네, 새로운 말들이 정신에서
길을 찾네, 기쁨은 되돌아오고
노래와 가락은 축연의 정취를 이루네.

삶은 시간의 화음들 가운데 스스로 있네,
자연과 정신이 부단히 감각을 이끌도록,
또한 완벽함은 정신 안의 일자一者이니,
다자多者 역시 나타나네, 거개 자연 가운데서.

충직함을 담아
1758년   스카르다넬리.
5월 24일.

Der Zeitgeist

Die Menschen finden sich in dieser Welt zum Leben,

Wie Jahre sind, wie Zeiten höher streben,

So wie der Wechsel ist, ist übrig vieles Wahre,

Daß Dauer kommt in die verschied'nen Jahre;

Vollkommenheit vereint sich so in diesem Leben,

Daß diesem sich bequemt der Menschen edles Streben.

Mit Unterthänigkeit

24. Mai 1748.   Scardanelli.

시대정신

인간에게는 이 세계에서의 삶이 주어진다,
세월처럼, 시간이 드높이 길을 내는 것처럼,
변화가 있음에도, 많은 진리 또한 남으니,
여러 갈래의 세월에 영속성이 깃들도록.
그렇게 이 삶에서 완전함은 하나가 되니,
인간의 고귀한 길은 이에 잘 어울린다.

충직함을 담아

1728년 5월 24일.   스카르다넬리.

Freundschaft

Wenn Menschen sich aus innrem Werthe kennen,

So können sie sich freudig Freunde nennen,

Das Leben ist den Menschen so bekannter,

Sie finden es im Geist interessanter.

Der hohe Geist ist nicht der Freundschaft ferne,

Die Menschen sind den Harmonien gerne

Und der Vertrautheit hold, daß sie der Bildung leben,

Auch dieses ist der Menschheit so gegeben.

Mit Unterthänigkeit

d. 20 Mai   Scardanelli.

   1758.

우정

사람들이 서로 내면의 값어치를 알아볼 때,
그들은 기꺼이 서로를 친구라 부른다,
그럴 때 사람들은 삶을 더 깊이 알고,
정신 안에서 더 큰 흥미를 얻는다.

높은 정신은 우정과 멀지 않으며,
사람들은 기꺼이 조화로움을 좇고
친숙함을 아끼니, 성장을 위한 삶,
이 역시 인간에게 주어진 것.

충직함을 담아
1758년   스카르다넬리.
5월 20일.

Die Aussicht

Wenn in die Ferne geht der Menschen wohnend Leben,

Wo in die Ferne sich erglänzt die Zeit der Reben,

Ist auch dabei des Sommers leer Gefilde,

Der Wald erscheint mit seinem dunklen Bilde.

Dass die Natur ergänzt das Bild der Zeiten,

Dass die verweilt, sie schnell vorübergleiten,

Ist aus Vollkommenheit, des Himmels Höhe glänzet

Den Menschen dann, wie Bäume Blüth' umkränzet.

                              Mit Unterthänigkeit

d. 24 Mai   Scardanelli.

   1748.

내다봄

인간이 거하는 삶이 점점 멀어져 갈 때에,
포도 넝쿨의 시간이 저 멀리 빛이 되는 곳에,
여름의 텅 빈 풍경도 그 곁에 놓여 있고,
숲은 그 어두운 그림과 함께 나타나네.

자연이 계절의 그림들을 마저 채워주고,
자연은 머무르나, 계절들은 어서 스쳐 지나감은
완전함 탓이네, 하늘 높은 곳이 인간을
향해 빛나니, 꽃이 나무를 감싼 것과 같네.

                                        충직함을 담아
  1748년   스카르다넬리.
5월 24일.

주

1   횔덜린은 이 대목에서 스스로 구축한 상징 언어를 떠나 고도로 철학적인 문제를 다루고 있다. 일상적 인식이 사그라든 공간이자 시인의 예지와 창조력을 상징하는 밤은, 여기서 '열린 곳das Offene'이라는 한 차례 더 추상적인 개념으로 승격된다. '열린 곳'은 모든 분별 인식이 일어나기 이전의 곳으로, 여기로 시선을 옮긴다는 것은 가시적인 세계가 나타나기 이전을 본다는 뜻이 된다. 일상 인식은 '열린 곳'에서 경계를 갖춘 개별성das Eigene이 구축되면서 일어난다. 그러나 개별성을 갖춘 존재들이 나타나더라도 모든 존재는 하나의 질서das Maß로 이어져 있으며, 하나의 '열린 곳'의 분화로 이루어진 것임을 상기시킨다('성스러운 기억'). 그렇기 때문에 일자—를는 개별자로 구분되었어도 그대로 단일성을 유지한다. 이때 질서Maß는 운율Versmaß이기도 하므로, 시를 쓰는 행위는 곧 이러한 창조의 과정을 반복하는 것과 같다.
2   펠로폰네스 반도와 그리스 본토를 잇는 유일한 지협으로, 코린토스 지협이라고도 한다.
3   그리스 중부에 있는 산으로, 그리스 신화에서는 아폴론의 산이며 뮤즈들이 거하는 곳이기도 하다.
4   파르나소스산 남서쪽에 있는 도시로, 아폴론이 이곳에서 신탁을 내렸다.
5   그리스 중부에 있는 산으로, 디오뉘소스, 제우스, 헤라를 모시던 곳이다.
6   테베는 님프 중 하나로 하신河神 아소포스의 딸이며, 카드모스 지방의 도시 테바이의 명칭이 여기서 유래했다.
7   테바이 근처를 흐르는 강.
8   전설에 따르면 카드모스는 페니키아의 왕 아게노르의 아들이다. 그리스에 문자를 전래했다고도 알려져 있다.
9   주신酒神 디오뉘소스가 카드모스 지방에 근원을 두고 있으며, 이 시의 최초 제목이 '포도주의 신Der Weingott'이었음을 감안하면 '장차 도래할 신'을 디오뉘소스로 보는 해석이 가능하다.
10 그리스 신화에 등장하는 신들의 음료.
11 '멀리까지 날아가 적중하는'이라는 어구는 호메로스 서사시에서 아폴론에게 부여되는 호칭 중 하나이다.
12 에테르(아이테르)는 하늘이 의인화된 신으로, 헤시오도스의 《신통기》에 의하면 에레보스의 아들이다.
13 헤라클레이토스의 파편 중에 "하나는 곧 전부이다Hen panta einai"라는 문장이

있으며, 스피노자와 레싱 또한 신을 가리켜 '하나이자 전부'라는 표현을 사용했다.

14 코린토스 지협 근처의 고대 도시.

15 '서쪽의 땅'을 의미하며, 그리스 문화가 서쪽으로 도래하여 서양-유럽 문명으로 이어졌다는 관념이 드러난다.

16 예수가 태어나고 활동한 이스라엘 지방은 당시 로마의 행정 구역 구분에 따르면 시리아 속주에 속했다.

17 그리스 신화에서 케르베로스는 머리가 여러 개인 개로 형상화되며, 하계의 문턱을 지키는 존재이다.

18 아리스토텔레스의 《동물지》는 다음과 같은 일화를 전한다. 헤라클레이토스가 빵을 굽고 난 화덕에 기대 몸을 데우고 있었다. 그를 찾아온 사람들이 의아해하자, 헤라클레이토스가 말했다. "개의치 말고 들어오게, 여기에도 신들이 있다네."

19 피그말리온은 자기가 만든 상아 조각상과 사랑에 빠진 인물로, 아프로디테가 이 조각상에 생명을 불어넣어 주었다.

20 라인강 유역에 있는 산맥.

21 스위스 하웁트빌에서 독일로 돌아오는 광경이 묘사되어 있다. 횔덜린은 배로 보덴 호수를 건너서 린다우 항으로 들어왔다.

22 바람새Gewittervogel라는 통칭으로 불리는 몇 종의 새는 폭풍우가 다가오기 전에 울기 때문에 날씨의 변화를 예측하는 지표로 알려져 있었다.

23 보덴 호수에 있는 항구 도시.

24 이탈리아의 도시. 독일, 스위스, 이탈리아를 잇는 중세의 교역로가 이곳을 지났다.

25 독일 남부의 강. 횔덜린이 학창 시절을 비롯해 광기에 빠진 이후의 세월을 보낸 도시 튀빙겐을 가로질러 흐른다.

26 구약 성서에서 야훼가 분노를 거두고 노아에게 화해의 징표로 내보인 무지개를 말한다.

27 로마 카피톨 언덕에 위치한 유피테르 신전의 이름.

28 이오니아는 고대 소아시아(오늘날 튀르키예) 서남부 지방 그리스 문화권 도시들을 부르던 명칭이다.

29 그리스 본토와 펠레폰네소스 반도를 연결하는 좁은 땅.

30 아테네를 흐르는 강의 이름.

31 스파르타 근처의 산맥.

32 카우카소스 산맥(캅카스 산맥)은 고대에 유럽과 아시아의 경계로 인식되었다.

33 아폴론의 이명은 '빛나는 자'를 뜻하는 '포이보스Phoibos'이다.

34 당시 독일에서는 집의 지붕을 완성하고 나면 그곳에 꽃 장식 등을 걸고 전체 건축을 책임지는 목수가 위에 올라 축언을 하는 전통이 있었다.

35 디오티마는 횔덜린의 소설 《휘페리온》에 등장하는 인물이면서 횔덜린이 연인 주제테 공타르를 부르는 이름이기도 하다. 이 이름은 플라톤의 《향연》에서 소크라테스에게 에로스의 비의를 가르쳐준 여사제 디오티마에게서 왔다. 메논 역시 플라톤 대화편 《메논》에 등장하는 인물로, 이 대화편에는 인식과 기억은 동일한 것이라는 플라톤 철학의 중요한 주제가 등장한다.

36 스위스에 위치한 고타르트 준령은 알프스를 남북으로 횡단하는 오래된 교역로의 일부이다. 또한 라인강을 포함한 많은 강이 고타르트 준령에 원류를 두고 있다.

37 오늘날의 토스카나 지역.

38 발칸 산맥을 가리키는 그리스어 이름.

39 트로이 전쟁 당시 뱀에 물린 필로크테테가 10년 동안 렘노스섬의 동굴에 숨어서 괴로워했다고 전해진다.

40 원본에는 'Denn wo erkennest,(네가 알아차리는 곳에서,)'라는 반 개의 문장이 더 이어진다.

41 이에 대해서는 몇 가지 서로 다른 전승이 있다. 세멜레는 인간의 모습으로 화한 제우스와 동침하여 디오뉘소스(바쿠스)를 임신했는데, 헤라가 이를 질투하여 노파의 모습을 취하고 그녀가 제우스의 정체에 의심을 품도록 만들었다. 진짜 모습을 보여달라는 세멜레의 끈질긴 부탁을 이기지 못한 제우스는 뇌신으로서의 본래 모습을 드러내고, 번개에 맞은 세멜레는 순식간에 불타서 죽어버린다. 태아 상태의 디오뉘소스는 살아남아 제우스의 허벅지 (또는 허리) 안에 꿰매진 채 있다가 마침내 신으로 태어난다. 또 다른 전승에서 디오뉘소스는 페르세포네와 제우스의 아들로 태어났으나, 역시 헤라의 계략에 의해 티탄들에게 몸이 찢겨 죽는다. 제우스는 디오뉘소스의 심장을 삼키고 세멜레와 동침하며 다시 디오뉘소스를 낳게 한다. 두 가지 전승 모두에서 세멜레의 아들 디오뉘소스는 '두 번 태어난 자'이며, 죽음을 한 번 경험하고 다시 태어난 도취의 신이다. 횔덜린이 그리는 시인은 이처럼 접신의 파괴적 효과에서 회복하여 하늘과 땅을 잇는 자로 다시 태어난 존재이다.

42 벨라민은 《휘페리온》에서 그리스 태생의 주인공 휘페리온의 독일인 친구로 등장한다. 휘페리온이 보내는 편지의 수신자이기도 하다.

43 므네모쉬네는 기억의 여신이다. 슈투트가르트 판본에는 〈므네모쉬네〉의 세 가지 버전이 실려 있는데, 여기에 수록된 시는 그중 두 번째 것이다.

44 트로이 전쟁의 중요한 인물로, 아이아스Aias로도 알려져 있다. 소포클레스의 비극 〈아약스〉에 등장하는 아약스는 아킬레우스의 시신을 수습한 후에 그의 갑주가 자신이 아닌 오뒷세우스에게 넘겨졌다는 사실에 분노하여 광기에 빠져 그리스 장군들을 공격한다. 광기에서 깨어난 아약스는 자신이 장군들이 아니라 가축들을 죽였다는 사실을 알게 되고, 신들이 자신의 복수를 막았다는 사실을 치욕스럽게 여겨 자신의 칼 위로 몸을 던져 자결한다.

45 트로이 근처의 강.

46 아약스는 살라미스섬의 왕 텔라몬의 아들이다.

47 파트로클로스는 트로이 전쟁에서 아킬레우스의 갑주를 입고 싸우다가 헥토르에게 살해당했다.

48 파트모스는 에게해의 작은 섬이다. 사도 요한이 파트모스에 유배되어 있는 동안 〈요한 묵시록〉을 집필한 것으로 알려져 있으며, 오늘날까지도 요한이 머물던 동굴이 남아 있다.

49 프리드리히 5세(1748-1820)는 헤센-홈부르크의 방백Landgraf으로, 괴테, 실러, 클로프슈토크Friedrich Gottlieb Klopstock 등과 교류하며 문학가들을 다방면으로 지원했다. 횔덜린은 친구 싱클레어의 주선으로 1804년부터 방백 소유의 도서관을 관리하는 직책을 맡았다.

50 〈파트모스〉의 도입부에는 두 가지 종류의 가까움이 등장한다. "영혼과 그 자신 사이의 거리보다도, 신과 영혼의 거리가 더 가깝다. 따라서 신은 영혼의 심연에 모든 신성과 함께 있다"라고 마이스터 에카르트는 (아우구스티누스를 인용하며) 말한다.(Meister Eckhart, "In diebus suis placuit deo et inventus est iustus," *Die deutschen und lateinischen Werke*, Bd. 1, Hg. und übers. von Josef Quint, 161-162.) 신은 그만큼 가까우나, 세계 안의 대상으로 나타나지 않기 때문에 이성과 관념으로 붙들 수 없다. 따라서 신은 성 요한이 그랬듯 환시로만, 디오뉘소스의 추종자인 시인들이 그러하듯 언어적 도취의 순간에만 감각적으로 인식되고 기록될 수 있는 것이다. 그처럼 예외적 고양의 순간에만 인식할 수 있기 때문에, 이러한 예언자적 경험을 나누는 이들, '사랑하는 이들'은 각지에 솟아오른 산봉우리들에 비유된다. 이들은 높은 곳이라는 공통의 위상 탓에 서로 가장 가깝지만, 서로 만날 수는 없는 외로운 운명이다. 〈파트모스〉는 시간과 공간을 넘어 그러한 동료 예언자-시인을 만나는 환상으로 읽힐 수 있다.

51 소아시아. 오늘날 터키를 말한다. 파트모스섬에서는 터키 해변이 육안으로 보일 정도로 가깝다. 동시에 아시아 또는 동방은 횔덜린에게 환상의 공간, 원초적 진리의 원류지이다. 아시아는 주신 디오뉘소스의 고향이지만, 예수 역시 동방에서 진리를 가져오는 자이기 때문이다. 파트모스섬은 아시아와 그리스, 동방과 서방 사이에 있는 중간 지점이자 〈요한 묵시록〉의 장소이다. 즉 시인 횔덜린이 동경하는 것은 그러한 동방의 환시가 서방의 언어인 그리스어로 기록되는 순간이다.

52 리디아 왕국 수도 사르디스 남쪽에 위치한 산.

53 트몰루스산에 원류를 두고 있는 강.

54 소아시아를 가로지르는 산맥.

55 트몰루스산의 동쪽에 위치한 산.

56 최고신Der Höchste이라는 호칭은 그 자체로 신들 사이의 위계를 설정하고 있으므로, 그리스도교의 성부보다는 그리스 신화의 최고신, 즉 제우스를 상기시킨다. 〈마치 축일을 맞이한 듯…〉에서 나타나는 세멜레 전설에서 보듯 그

322

리스 신화에서 디오뉘소스는 제우스의 아들로 설정되어 있는데, 필멸자 어머니를 통한 극적인 탄생, 포도주와의 연관성, 죽음을 극복하는 제2의 탄생 등여러 지점에서 예수와 상징적 연관이 깊다. 다음 행에서 '최고신의 아들'인예수(이 이름을 횔덜린은 결코 사용하지 않는다)를 제우스를 연상시키는 '폭풍을 두른 자'라고 부르는 것도 이와 같은 이유다.

57 예수가 십자가에서 남긴 마지막 말 'τετέλεσται'(〈요한복음〉 19:30)은 루터성경 이후 보통 "다 이루었다Es ist vollbracht"로 옮긴다. 횔덜린은 이 말을 자기의 언어로 다시 말하고 있다(Alles ist gut). 이는 모든 것이 하나로 돌아왔음을 말한다는 점에서 독일 관념론과 신비주의의 언어이기도 하지만, 또한일상적으로 사용하는 위로의 어구로서 '다 괜찮다'라는 뜻도 가지고 있다.

58 구약 성서 〈에제키엘〉 8:3에는 불길 속에 임한 하느님의 손길이 뻗어 나와예언자의 머리칼을 움켜쥐는 장면이 나온다.

59 엠페도클레스가 몸을 던져 죽은 화산.

60 신의 언어를 계시받아 형성된 것이 "성스러운 책"(성서)이라면, 그러한 문자성은 시간을 건너뛰어 보존되고 해석되어야 하는 경전의 문자성이다. 이는그리스도 강림의 역사적 일회성('신들의 탈주')이라는 상황을 보완하며, 신적인 것이 재림하기까지의 기간을 의미로 채우는 역할을 한다. 흥미로운 것은고대 세계에서 전승된 경전을 이어나가리라고 예지되는 것이 "독일의 노래"라는 점이다.

61 이스터강은 남동에서 발원하여 흑해로 흘러 들어가는 도나우강의 하류 부분을 가리키는 고대 그리스어 이름(이스트로스)이다. 이 시에서 도나우강은 독일과 고대 그리스 문명을 이어주는 문명 교류와 전파의 상징으로 등장한다.

62 인도 북부와 오늘날 파키스탄에 위치한 강. 인더스 문명의 발상지이기도 하다. 당시 유럽 인도학의 설립과 인도-게르만어족의 발견 등의 지적 사건들과맞물려 독일 낭만주의 문학에서는 인더스 문화를 그리스-유럽 문화의 일부또는 발원지로 인식하는 움직임이 나타났다. 횔덜린과 동시대의 작품인 노발리스의 〈밤의 찬가〉에도 "환희에 젖은 가인[예수]은 인도를 향해 떠났다"라는 구절이 등장한다. 노발리스, 《밤의 찬가/철학파편집》, 박술 옮김(인다, 2018), 24쪽.

63 펠로포네스 반도를 흐르는 가장 중요한 강.

64 게르만 신화의 대지모신.

65 라인강을 말한다.

66 미완성작인 〈그리스〉는 총 세 가지 버전이 남아 있다. 여기에 수록한 것은 그중 횔덜린이 가장 마지막까지 작업했던 세 번째 안이다. 2행의 난해한 의미를 보완하기 위해 하이데거의 《횔덜린 시의 해명》을 따라 두 번째 안에 등장하는 표현 "눈을 가르치는"을 추가했다. Martin Heidegger, *Erläuterungen zu Hölderlins Dichtung*, Martin Heidegger, *Gesamtausgabe*, Bd.4, hg. Friedrich-Wilhelm von Herrmann (Vittorio Klostermann, 1981), 154-155.

67 델포이 아폴론 신전에는 '대지의 배꼽'이라는 별칭이 있었다.

68 유고 시의 분류 및 편집 기준은 판본마다 상이하다. 〈티니안〉의 경우에는 노르베르트 폰 헬링라트Norbert von Hellingrath의 판본이 가장 통일된 형식과 어조를 재구성한다고 판단하여 이를 따랐다. Friedrich Hölderlin, *Sämtliche Werke. Band 4: Gedichte. 1800–1806*, Hg. Norbert von Hellingrath (Georg Müller, 1916). 티니안은 북마리아나 제도의 섬으로, 횔덜린이 살았던 시대에는 스페인의 식민지였다. 헬링라트에 따르면, 횔덜린은 앤슨 제독의 세계 일주를 묘사한 책에서 티니안이라는 섬을 접했다. 이 책에는 무풍지대를 항해하며 빈사 상태가 된 앤슨 제독의 선원들이 (당시에는 무인도였던) 티니안섬에 기적처럼 상륙하여 야생 열매와 짐승들로 가득한 섬을 마치 낙원처럼 여기는 장면이 나온다. 횔덜린은 〈파트모스〉와 〈아키펠라구스〉에서 섬을 노래한 바 있고, 티니안이라는 섬의 이미지에도 오랜 시간 천착한 것으로 보인다.

69 흑해를 가리키는 고대 그리스 이름.

70 펠리아스의 어머니 튀로는 크레테우스 왕의 왕비였으나, 포세이돈과 동침하여 넬레우스와 펠리아스를 낳는다. 버려져서 길러지던 반신 펠리아스는 돌아와 왕위를 찬탈한 후, 이복형제 아이손을 동굴에 감금한다. 아이손이 동굴에서 낳은 아들이 바로 이아손이며, 아이손은 아들을 현자 켄타우로스 케이론에게 보내 교육시킨다. 장성한 이아손은 포세이돈 제의에서 펠리아스에게 왕위를 돌려줄 것을 요구하지만, 펠리아스는 이아손에게 황금 양모를 찾는 모험을 떠나도록 명한다.

71 켄타우로스 케이론이 아내로 맞은 님프.

72 케이론의 어머니이자 크로노스의 딸.

73 포세이돈과 그 아내 암피트리테 사이에서 태어난 아들이며 바다의 신이다. 고동 나팔을 불어 파도를 다스릴 수 있었다고 한다.

74 테미스는 우라노스와 가이아의 딸이자 제우스의 부인이다. 둘 사이에는 운명의 여신들인 모이라와 시간과 계절의 여신들인 호라이가 태어났다.

75 구원자Σωτήρ는 제우스의 이명 중 하나이다.

76 오시안은 18세기 스코틀랜드 시인 제임스 맥퍼슨James Macpherson이 발표한 서사시의 주인공이다. 맥퍼슨은 이 서사시가 자신이 수집한 게일어 구전 시가를 영어로 번역한 것이라고 주장했고, 이는 당시 사실로 받아들여졌다. 그러나 후대 연구에 의해 시 전체 또는 대부분을 맥퍼슨이 창작한 것으로 밝혀졌다. 그럼에도 오시안 서사시는 민족의 근원적 언어에 대한 갈증이 편재하던 당시 유럽에서 매우 큰 반향을 일으켰으며, 여러 언어로 번역되어 읽혔다. 독일어권에서는 특히 질풍노도 및 낭만주의 사조에 큰 영향을 미쳤다.

77 이 글은 1795년 초, 횔덜린이 예나에서 피히테의 수업을 듣던 시절에 쓰인 것으로 추정된다. 오랜 시간 알려지지 않았다가 1930년에 다시 발견되어 슈투트가르트판 전집에 수록되었다. Dieter Henrich, *Konstellationen: Probleme*

und Debatten am Ursprung der idealistischen Philosophie (1789–1795) (Kletta-Cotta, 1986), 55.

78 독일어 'urteilen(판단하다)'의 어근을 분석하면 접두사 'ur-'와 동사 'teilen(나누다)'으로 나눌 수 있다. 그럼Grimm 사전에 의하면 과거 접두사 ur-는 '위로', '밖으로'라는 의미를 주로 가졌다(이는 'Urgroßvater(증조부)', 'Urenkel(증손)' 같은 단어에 남아 있다). 반면 근대 독일어에서는 '원초, 원류 Ursprung'의 의미군에 착안하여 이에 철학적 의미가 많이 착색되었으며, 이로 인해 '원초개념Urbegriff', '원경험Urerfahrung', '원초일자Ur-Eine' 등의 조어가 무수히 만들어졌다. 횔덜린은 이러한 철학적 맥락에서 'urteilen'의 'ur-'를 원초로, 'teilen'을 분리·분열로 보아 원초-분열로 해석하고 있는 것이다. 관념론 전통에서 의식이 대상을 인식 혹은 판단하는 순간은 곧 주체와 객체가 분리되는 순간이기에, 횔덜린의 해석에 언어학적 근거는 희박하다고 해도 철학적 근거는 확실하다. 이에 의하면 대상을 나와 다른 것으로 '판단'하는 모든 행위는 이미 주객의 원초적 분열인 것이다. 나아가 "주체와 객체의 연결"이 존재한다는 첫 명제를 이에 더한다면, 인간의 인식 행위는 존재를 분열시키는 행위가 된다. 분열된 존재의 회복, 주객의 합일은 따라서 인식으로 도달할 수 있는 것이 아니며, 그 반대의 행위를 필요로 한다. 독일 낭만주의에서 태동하는 도취와 신들림의 미학은 이처럼 철학적인 기반에서 요구되는 것이다.

79 정확한 집필 시기는 알기 어려우나, 비극 〈엠페도클레스의 죽음〉과 같은 노트에 적혀 있기 때문에 대략 1799년 전후로 추정한다. 〈소멸 안의 생성Das Werden im Vergehen〉이라는 제목으로도 알려져 있다.

80 〈사랑스러운 푸르름 속에서…〉는 말년의 횔덜린과 교류하던 시인 빌헬름 바이블링거Wilhem Waiblinger가 수집하여 자신의 소설 《패톤-Phaeton》(1823)의 말미에 산문시 형태로 수록하면서 세상에 알려졌다. 바이블링거의 기록에 의하면 1822년 7월 3일 튀빙겐 탑의 횔덜린을 처음 방문한 날 치머 가족에게 이 시의 원고를 받았으며, 원본은 핀다르 시형으로 행이 나뉘어 있었다. 우프하우젠의 연구에 의하면 당시 19세였던 치머의 장녀 도로테아에게 주는 헌시로 볼 수 있으며, 이 추측이 맞다면 횔덜린은 이 시를 1822년에 써서 그녀의 19세 생일 선물로 준 것이 된다. 원본은 현재 전해지지 않으며, 본 판본에서는 우프하우젠이 제시한 핀다르 시형의 원본을 같이 수록했다. Friedrich Hölderlin, *Bevestigter Gesang*, Hg. Dietrich Uffhausen (Metzler, 1989).

81 뮈르테는 은매화나 도금양이라고도 부르며 강한 향기를 낸다. 고대 세계에서 상징적, 의식적으로 매우 중요한 식물이었다. 그리스-로마 문화에서는 주로 아프로디테(비너스)의 꽃으로 여겨져 아름다움, 사랑, 다산 등과 연관이 있었다. 르네상스를 거치며 16세기 이후 독일에서도 결혼식에서 신랑과 신부가 뮈르테로 엮은 화관 등을 착용하는 풍습이 정착되었다.

82 횔덜린이 광기에 빠진 이후에 사용한 필명이자 가명 중 하나다. 자세한 사항은 해제를 참조하라.

325

옮긴이 해제

횔덜린의 작품, 그리고 절반의 생들

광기를 존중하라 — 내가 말하려는 것은 실은 이것이 전부다.[1]

들어가며

오늘날까지도 횔덜린을 집요하게 따라다니는 것은 '미쳐버린 시인'이라는 수식어다. 파란만장한 그의 삶은 '신들의 선택을 받았기 때문에 미쳐버린 예술가'라는 낭만주의적 이미지가 만들어지는 데 큰 영향을 미쳤다. 횔덜린 이후에도 광기라는 현상이 근현대 독일어권 문화에서 예술 및 사상과 맺은 관계는 각별한 듯하다. 시인으로는 '몽상과 착란' 속에 살다가 결국 정신병동에서 생을 마감한 게오르크 트라클Georg Trakl, 평생 정신병으로 괴로워한 파울 첼란Paul Celan, 역시 정신병원에서 생을 마감한 로베르트 발저Robert Walser가 있으며, 철학자로는 차라투스트라 체험 이후 광기에 빠진 프리드리히 니체Friedrich Nietzsche, 끊이지 않는 광기의 예감 속에서 살았던 루트비히 비트겐슈타인 Ludwig Wittgenstein[2]까지, '미쳐버린 시인/철학자'는 다 열거

---

1 Ludwig Wittgenstein, *Nachlass* (MS 183, 203).
2 비트겐슈타인이 1944년에 쓴 노트 중에 다음과 같은 말이 있다. "우리가 삶

할 수 없을 정도로 많다.

물론 광기와 천재의 친연성이 근대 독일어 문화권에 국한되는 것은 아니다. 그러면서도 위에 나열한 인물들을 보면 독일 문화 특유의 정신적 기반에서 나온 현상처럼 보일 때가 있는데, 그 기반이 과연 무엇인지를 개념적으로 포착하기란 까다롭다. 그러던 중 이곳의 동료에게 "언어를 매개로 언어의 한계에 도달하고자 하는 노력이야말로 진정 독일적인 것"이라는 말을 들었는데, 매우 뚜렷한 직관적 이해로 보였다.[3] 언어와 관념으로 이루어진 세계를 개방하고, 또는 파괴하고 그 너머를 보고자 하는 진중한 노력은 이미 마이스터 에크하르트Meister Eckhart, 니콜라우스 쿠자누스Nicolaus Cusanus와 같은 중세 독일 신비주의자들에게서도 확인되며, 그런 지적 전통이 근대 독일로 계승되었다고도 볼 수 있을 것이다. 언어의 한계를 넘어서려는 작업이 세계의 경계를 허무는 것을 넘어 탐구자 자신의 이성을 위태롭게 하는 데까지 이어질 때, 비로소 '천재=광인'이라는 근대적 도식이 도출된다.

휠덜린은 시인이라는 존재의 운명이 "하늘의 불길"을

속에서 죽음에 둘러싸여 있듯이, 이성의 건강 속에서도 광기에 둘러싸여 있다." Wittgenstein, *Nachlass* (MS 127, 77).
3 이 기회를 빌려 2018년 〈빵과 포도주〉 세미나에서 휠덜린에 대한 이해를 넓혀준 뮌헨 대학교 마르틴 투르너Martin Thurner 교수에게 감사의 마음을 전한다.

"대지의 아들들"에게 노래로 전해 주는 전달자라고 보았다(〈마치 축일을 맞이하여…〉). 신과 인간의 언어적 연결자인 시인은 마치 무당처럼 경계에 거주하는 자이며, 따라서 강대한 신의 파악할 수 없는 의지에 항상 노출된 자이다. 때문에 그는 언어의 경계를 넘었다가 다시는 돌아오지 못할 위험 속에 살고 있다. 그러나 그처럼 신과 인간의 경계 사이에서 길을 잃은 상태를 가리키는 일상적 이름은, 불행히도 '광기' 외에는 없다. 후기 횔덜린의 광기는 자신의 시학 안에서 이미 예견된 것처럼 보이기에 더욱 마음을 울리는 한편, 그의 시를 이해할 통로를 제공한다.

횔덜린의 삶과 사후 작품의 운명

먼저 횔덜린의 삶과 작품의 운명을 대략 살펴보자. 프리드리히 횔덜린은 1770년 3월 20일 독일 남부 라우펜에서 태어났다. 튀빙겐 대학교에서 미래의 철학자 게오르크 헤겔Georg W. F. Hegel, 프리드리히 셸링Friedrich W. J. Schelling과 같은 방을 쓰면서 절친한 사이로 지내며 공부했다. 1793년 졸업 후 그의 어머니는 아들이 성직자가 되기를 원했으나, 횔덜린은 이를 거부하고 오직 시인으로 살기를 희망했다. 이때부터 주로 가정교사로 생계를 유지했으며, 예나 대학교에서 프리드리히 실러Friedrich Schiller와 요한 고틀리프 피히테Johann Gottlieb Fichte에게 수학했다. 1795년부터 프랑크

푸르트의 은행가 공타르 집안의 가정교사로 일하다가 아이들의 어머니 주제테 공타르와 사랑에 빠졌다. 이후 그녀는 소설 《휘페리온》을 비롯하여 여러 편의 시에 등장하는 이상화된 여인 '디오티마'의 모델이 된다. 1797–1799년 사이에 소설 《휘페리온》을 발표했으며, 이 외에도 여러 지면에 시를 발표했으나 생전에 시인으로 명성을 얻는 데에는 실패했다. 1798년 주제테와의 관계가 그녀의 남편에게 알려지면서 한바탕 스캔들로 이어졌고, 휠덜린은 황급히 프랑크푸르트를 떠나야 했다. 1801년 프랑스 보르도에 재차 가정교사 자리를 얻어서 독일을 떠나지만, 1802년에 원인을 알 수 없는 심각한 광기에 휩싸인 상태로 고향으로 돌아온다. 이후로는 발작과 우울을 어지럽게 오갔으며, 일상생활이 거의 불가능한 상태에서도 친구 싱클레어의 도움을 받아 시작詩作과 번역을 계속한다. 그러나 1805년 싱클레어를 둘러싼 정치적 파문에 휘말리며 광증이 더욱 심각해지고 만다. 결국 1806년 튀빙겐 정신병원에 강제로 수용되지만, 8개월 후 치료 불가능 판정을 받고 퇴원하게 된다. 《휘페리온》의 독자로 휠덜린을 선망하던 목수 에른스트 치머가 휠덜린을 돌보겠다는 의사를 밝혀, 1807년부터 튀빙겐 네카르 강가에 있는 그의 집 2층 탑방에서 지내게 된다. 이때부터 다시는 이성을 회복하지 못한 상태로 36년을 더 살았으며, 많은 양의 글을 썼으나 대부분이 폐

기되고 극히 일부만이 남아 전해진다. 1843년 6월 7일 밤 세상을 떠났으며, 튀빙겐 공동묘지에 묻혔다.

휠덜린의 작품은 그가 살아 있는 동안에는 거의 알려지지 않았으며, 오히려 그는 광기에 빠진 후 유폐되어 살던 말년의 기묘한 행각으로 더 유명했다. 1826년에 시집이 출간되었지만, 광기의 징후를 보인다는 이유로 많은 작품이 실리지는 못했다. 세상은 휠덜린의 가치를 오랜 세월 동안 알아보지 못했다. 19세기에는 주로 낭만주의 사조의 아류 시인, 또는 스승 실러의 아류로 분류되는 일이 흔했고 널리 읽히지도 않았다. 그의 진가를 알아본 인물은 슐레겔Schlegel 형제, 베티나 폰 아르님Bettina von Arnim, 그리고 청소년기의 니체와 같은 소수의 민감한 독자에 국한되었다.[4] 휠덜린은 20세기 초반에 들어서야 헬링라트의 새로운 판본을 통해서 재조명받게 된다. 1909년 젊은 문헌학자 노르베르트 폰 헬링라트Norbert von Hellingrath는 기존에 알려지지 않은 휠덜린의 후기 찬가와 핀다로스 번역의 육필 원고를 발견하고, 이를 기반으로 새로운 휠덜린 전집을 기획했다. 헬링라트는 1916년 1차 세계대전에서 전사하

---

4 흥미롭게도 1861년 아직 김나지움에 다니던 17세의 니체가 "친구에게 보내는 편지 형식으로 가장 좋아하는 시인을 소개할 것"이라는 과제에 제출한 작문이 남아 있는데, 이 글에서 니체는 휠덜린을 "독일 최고의 시인"으로 꼽았다. 교사는 이 작문에 대해서 "더 건강하고 명료한 독일 시인을 읽기" 바란다는 충고를 남겼다.

기 전에 1800년 이후의 시를 담은 전집의 4권을 직접 편집했으며, "괴테의 나라인 독일"이 미래에는 "횔덜린의 독일"이 되기를 바랐다.[5] 이는 획기적인 사건이었다. 시인의 시대에 이해받지 못했던 시는 100년이 넘는 시간이 흐르고 나서야 때를 놓친 계시적 언어로 돌아올 수 있었다. 횔덜린은 뒤늦게서야 독일 문학의 숨은 천재로 재발견되었으며, 초월자와 소통하고자 열망하다가 침묵과 광기의 나락으로 떨어진 불행한 시인으로 알려지게 된다. 마르틴 하이데거Martin Heidegger의 후기 철학도 1920년경부터 본격적으로 재조명되기 시작한 횔덜린의 시에 많은 것을 빚지고 있다. 이는 영감의 순간에 신처럼 인간을 엄습하는 언어를 고전 시형의 완결된 예술 형식에 담아냈기 때문일 것이다. 그러나 2차 세계대전 때 나치 부역자이기도 했던 하이데거의 예가 이미 암시하듯, 횔덜린 시의 재발견은 20세기 독일 민족주의 부흥 및 2차 세계대전의 비극과도 연관이 깊다. 나치 정권은 횔덜린의 작품이 독일 민족성의 함양과 집단 의식 고취에 도움이 될 것으로 판단했고, '야전 판본 Feldausgabe'이라 불리는 횔덜린 선집을 수십만 권 인쇄해서 전선에 배포했다. 또한 횔덜린 학회를 설립하여 현재까지도 정본으로 통하는 최초의 현대적 횔덜린 전집인 슈투트

---

5   Norbert von Hellingrath, "Hölderlin und die Deutschen"(1915), *Hölderlin: Zwei Vorträge* (Hugo Bruckmann, 1922).

가르트 판본의 출판을 추진한 것 역시 나치 정권이다.

이처럼 횔덜린은 복잡한 운명을 지닌 시인이다. 천재적 재능에도 불구하고 생전에 인정받지 못했고, 불행한 사랑으로 미쳐버린 시인이라는 전설에 가려 오직 작품으로 평가를 받기까지 오랜 시간이 걸렸다. 초기작은 괴테와 실러로 대표되는 독일 고전주의의 형식미를 갖춘 것처럼 보이지만, 유고와 후기작은 광기와 침묵의 영역을 자유로이 넘나드는 원초적 계시력과 현대성을 동시에 가지고 있다. 오늘날 독일인이 가장 사랑하는 시인 중 한 명인 횔덜린은 동시에 정치적 도구화라는 어두운 역사, 그리고 독일 민족주의라는 폭력의 그림자에서 자유롭지 못한 시인이기도 하다.

비가와 송가의 시기

횔덜린이 스승 실러의 영향력을 벗어나 독자적인 작품 세계를 구축하기 시작한 것은 1800년 전후라고 볼 수 있다. 따라서 대부분의 횔덜린 전집은 1800년경을 기준으로 전기와 후기를 구분한다. 나는 이 선집을 엮으면서 소위 전성기인 1798년 이후에 쓰인 시만을 고려했다. 이에 따라 시대 구분을 조금 더 세분화하여, 이 시기 횔덜린의 삶과 작품을 세 개의 큰 부분으로 나누어 소개하고자 했다.

비가와 송가를 주로 집필한 1801년까지의 시기를 중

기로(1부 '완결작'), 이미 심한 광기에 빠진 상태에서 찬가 또는 노래와 핀다로스 파편을 집필 및 번역한 1802-1806년의 시기를 후기로(2부 '찬가', 3부 '파편들'), 1807년 튀빙겐 정신병원 퇴원 이후 1843년에 세상을 떠날 때까지를 최후기(4부 '메아리들')로 분류했다. 1부에서는 대표작 〈빵과 포도주〉를 비롯한 작품에서 횔덜린의 고전주의적 문체가 완성된 모습을 볼 수 있다. 2부는 20세기 이후 횔덜린 시의 정수로 평가받아 온 찬가 계열의 시를 모았다. 이 텍스트들은 형식적으로는 대개 미완성으로 남았으나, 높은 내적 완성도와 유례없이 독특한 언어를 보여준다. 3부는 시, 번역, 철학 세 장르의 파편을 모았다. 찬가 파편에서 드러나는 영감 중심의 작업 방식에 더해 번역가, 철학자로서 횔덜린의 모습도 보여주고자 했다. 4부에는 완전히 광기에 든 이후에 쓰인 글, 독일어권에서 흔히 '탑 속에서 쓰인 시Turmgedichte'라 불리는 작품을 모두 담았다. 이미 인간의 세계를 떠나서 울리는 시인의 목소리라는 의미로 '메아리'라는 제목을 붙였다. 최후기의 작품, 특히 '스카르다넬리'라는 가명으로 서명된 시들은 단순한 병리적 현상이나 광인의 헛소리가 아니라 병에도 불구하고 이루어낸 독자적인 예술적 성과라 판단했기에 주요하게 다루었다.[6]

이 선집에서는 횔덜린이 생전에 발표한 시의 비중을 줄이고, 후기 이후에 쓰인 미완성작, 파편, 번역 등을 광범위하게 보여주고자 했다. 지난 세기 횔덜린의 재발견 이후로 문학, 예술, 음악, 철학 등의 분야에 지대한 영향을 미친 것이 바로 후기와 최후기의 작품이기 때문이다. 또한 광인의 글을 예술 작품으로 받아들일 수 있는가 하는 미학적 문제를 놓고 가장 큰 논란과 관심의 대상이 된 것 역시 이 시기의 작품들이다. 횔덜린은 전성기에 이미 정형시의 리듬과 구조와 고전적 상징 세계를 완벽하게 장악했던 만큼, 그러한 정형성이 차례로 해체되고, 파편화되며, 심연을 향해 과감히 기울어지고, 끝내 침묵과 교묘하게 섞여드는 언어로 화하는 과정은 유럽 현대시의 발전을 이해하는 중요한 열쇠가 된다.

비가 형식을 중점적으로 추구하던 중기 횔덜린의 문학적 성과가 집약된 작품은 오늘날까지도 그의 대표작으로 인식되는 〈빵과 포도주〉일 것이다. 〈빵과 포도주〉는 9연으로 이루어진 비가이며, 집필 초기의 제목은 주신酒神, Der Weingott(포도주의 신)이었다. 횔덜린이 이미 완연한 광기에 든 이후인 1807년에 1연만 분리하여 〈밤Nacht〉이라는 제목으로 발표되었으며, 시 전체가 대중에 알려진 것

---

6 Roman Jakobson und Grete Lübbe-Grothues, "Ein Blick auf *Die Aussicht* von Hölderlin." Roman Jakobson, *Hölderlin, Klee, Brecht* (Suhrkamp, 1976), 27-96.

은 20세기 이후의 일이다. 집필 시기로 보자면 1799년 혹
은 1800년에 노발리스Novalis의 〈밤의 찬가〉와 거의 동시
에 쓰인 작품이며, 이 두 편의 시는 밤과 도취라는 현상을
매개로 하여 그리스 신화의 세계와 그리스도교적 세계를
아우르는 역사철학적 구상을 시도한다는 데에서 놀라울
정도로 닮아 있다.[7] 이성의 뒷편에 잠자고 있는 어둡고 강
력한, 동시에 위험하고 원초적인 힘을 그려낸다는 점에서,
〈밤의 찬가〉와 〈빵과 포도주〉는 독일 초기 낭만주의를 대
표하는 작품이라고 할 수 있다. 두 시인 모두 강렬한 합일
과 도취의 경험을 공유하며, 이 개인적 체험을 고대 세계
의 원초 경험에 투사하는 작업을 시도했다.

〈밤의 찬가〉의 근저에 있는 체험이 연인과의 사랑(그리
고 사별)이라면, 횔덜린의 경우 더욱 원초적인 것은 시인
으로서의 경험, 즉 예고 없이 찾아오고 떠나는 영감과 창
조력, 그리고 그에 따른 예술가의 운명에 대한 인식이다
("이렇게 가난한 시대에 시인을 어디에 쓰려는가"). 1연에
서 횔덜린은 그처럼 선뜻 찾아드는 도취의 순간을 아름다
운 자연시Naturgedicht로 그려낸다. 인간과 자연, 문명과 야

7 실제로 횔덜린과 노발리스는 1795년 5월에 니트하머Niethammer의 집에
   서 (피히테와 함께) 만난 일이 있다. 안타깝게도 니트하머는 이 날의 대화
   에 대해 "종교와 계시에 관해 많은 이야기를 나누었고, 이 분야에서 철학적
   으로 할일이 많다는 데에 동의했다"라고만 적을 뿐이다. Charles Larmore,
   "Hölderlin and Novalis," In *Cambridge Companion to German Idealism*
   (Cambridge University Press, 2006), 141-160.

생, 고요와 음악, 밤과 달빛은 마치 하나의 통일된 생명처럼 깊은 필연성을 가지고 서로 얽히며 나타난다.

사방이 사그라든 도시다. 불 밝힌 거리는 고요해지고,
지금, 횃불로 꾸민 수레들이 저 멀리 달려가는 소리.
사람들은 하루의 기쁨에 배불러 쉼터로 돌아간다.
무얼 얻고 잃었는지 재어보며, 생각에 젖은 머리를
집에서 만족스럽게 끄덕인다. 포도와 꽃도 없어지고,
바쁘던 장터의 손놀림도 이제는 가만히 쉼에 들었다.
문득 저 먼 정원에서 현금弦琴 하나 울릴 뿐. 어쩌면
사랑하는 마음 하나 노니는지, 아니면 외로운 남자가
지척의 벗들과 어린 시절을 떠올리는지. 우물에선
멎지 않는 맑은 물이 솟아 향기로운 밭을 흐른다.
누군가 울린 종소리가 어두워진 공기 속으로 퍼질 때,
마침 야경꾼은 숫자를 외쳐 시간을 알린다.
지금, 한 줄기 바람이 숲을 쓸며 우듬지들을 돋보이니,
보라! 이제 우리 대지의 그림자, 바로 달이
비밀스레 다가오고 있다, 열광하는 여인, 밤이 오니,
별들로 가득한 그녀는 우리를 개의치 않는 듯
온통 경이로 빛나고, 인간들 가운데 낯선 이 되어,
산정 너머로 슬프고, 찬란하게 떠오른다.

337

생활을 영위하는 인간들의 삶이 잠시 멈춘 저녁, 도시가 언뜻 잠든 것 같은 순간이다. 그러나 수면이 시작되면, 원초적 생명의 다른 부분들은 그제야 막 움직이기 시작한다. 밤은 음악, 사랑, 기억이 이루어지는 공간, 즉 회복과 상상의 공간이다. 밤이 되어서야 하루 종일 흐르던, 그러나 소음에 묻혀 들리지 않던 온갖 작은 물결들의 소리가 비로소 들리기 시작한다. 모든 감각이 서늘하게 식어 새로움을 받아들일 수 있을 때, 종소리가 울리며 새로운 시간을 알린다. 이는 시간 바깥의 시간, 즉 내면의 움직임과 자연의 움직임이 하나 되는 신비로운 시간이다. 이제 밤의 주인, 달이 떠오른다. 낮에 대비되는 달밤은 신비로운 여성의 모습을 하고 있다(노발리스가 노래한 연인, "밤의 태양"이 떠오른다). 달은 스스로 놀라워하기에 우리에게 놀라움을 가르치는 여인이며, 스스로 열광하기에 열광을 가르치는 여인이다. 이는 플라톤의 《향연》에서 소크라테스가 사랑의 스승으로 언급한 디오티마의 이미지와 중첩되며, 나아가 《휘페리온》의 디오티마, 또 무엇보다도 연인 주제테 공타르와 겹쳐서 읽힌다. 사물의 뒷면을 비추는 달빛이 산정 위로 솟는 모습은 찬란하지만 슬프다. 대지의 그림자로만 존재하는 것은 슬프며, 언젠가 끝나버릴 열광 속으로 사랑하는 이를 끌어들이는 일은 슬프다. 인간이 잠들어 있는 세계를 홀로 깨어 바라보는 일은 슬프다.

자연에 깃든 고요한 슬픔과 경이로 시작된 시는 이후 거대 서사로 이어지면서, 역사철학적 관조에 따르는 슬픔으로 변화한다. 물론 횔덜린이 그리는 것은 실제 역사가 아니다. 신들의 세계와 인간의 세계가 분리되지 않았던 태고의 시간에서 점차 질적 하강을 거치며 인간은 신을 담는 능력을 상실하고, 반대로 신들은 인간 세계에서 탈주하는 과정이 그려진다. 근대의 인간은 항상 너무 늦게 도착하는 자, 황량한 영적 현실에 내던져진 존재다("그러나 친구여! 우리는 너무 늦게 왔다. 비록 신들은 살아 있으나 / 머리 위 저 멀리 다른 세상에 살고 있다."). 후대의 인간은 이제 예외적인 영감의 순간에만 신을 담을 수 있는 존재로 전락했다. 신인합일의 빛나는 과거를 기억하는 마지막 존재는 곧 시인이다. 노래할 것이 남지 않은 시인은 "주신 酒神의 성스러운 신관들처럼" 대지를 정처 없이 헤매는 운명이다. 횔덜린은 〈빵과 포도주〉의 마지막 부분에서 시리아인(예수)의 현현, 즉 디오뉘소스 신을 대신하는 "새로운 포도주"의 신의 등장을 역사철학적 귀결로 삼아 이 절망적인 현재를 희망으로 재해석하고자 한다. 장차 도래할 그 신은 새로운 도취를 가지고 오는 존재로, 균열이 아닌 평화를 불러온다. 밤에서 시작한 비가 〈빵과 포도주〉는 케르베로스가 잠드는 모습으로 끝나며, 그리하여 다시 한 번 밤으로 돌아온다.

찬가와 파편들의 시기

〈빵과 포도주〉의 말미에서 평화로운 수면을 염원한 것과 정반대로, 1800년 이후 횔덜린은 두 번의 충격적인 균열을 겪으며 무너지게 된다. 첫 번째는 1802년 프랑스에서 맨몸으로 알프스를 넘어서 고향으로 돌아오던 중 "아폴론 신이 나를 내리쳤다"라고 표현한 내적 사건이고, 두 번째는 1805년 이후 친구 싱클레어의 반란 혐의에 연루되는 과정에서 회복 불가능한 광증에 빠지게 된 일이다. 이렇게 광기에 서서히 함몰되는 과정은 역설적으로 그의 시가 이전의 작품을 떠나 새로운 차원으로 도약하는 과정과 겹친다. 횔덜린은 1800년경을 기준으로 찬가Hymne 또는 노래Gesänge로 분류되는 형식을 정립하기 시작했다. 둘은 엄밀하게 구분되는 개념이 아니므로, 여기에서는 통칭하여 찬가라고 부르겠다. 후기의 가장 중요한 시들은 대체로 이 찬가 계열에 속하는데, 완성작도 있지만 시인이 끝마치기를 포기했거나 구상 단계의 파편으로 남겨 둔 것이 많다.

이 시기 횔덜린의 시는 깊은 질적, 형식적 변화를 보이며, 어떤 식으로든 광기와의 연관성 내에서 읽을 것을 요구한다. 그의 광기는 오랜 시간 무수한 소문과 환상의 대상이었으며, 지난 세기 많은 분야의 학자들이 그 진상을 밝히기 위해 노력했다. 19세기까지도 정신병은 횔덜린의 후기 시를 완전히 무가치한 것으로 폄하하는 주된 이유였

으나, 20세기 초 후기작이 재평가를 받으면서 그의 광기
는 ─ 시인 자신의 시학에 의거하여 ─ 그가 얻은 계시력의
대가로 읽히기 시작했다.[8] 횔덜린의 이런 이미지에 대항한
가장 과격하고 문제적인 학설은 프랑스 독문학자 피에르
베르토Pierre Bertaux가 제기한 것으로, 그에 따르면 횔덜린
은 임상적 의미의 정신병을 앓은 적이 없으며 싱클레어의
반란 혐의에 정치적으로 연루되는 일을 피하기 위해 단지
미친 척했던 것이다.[9] 그러나 이는 횔덜린의 시적 언어에
서 관찰되는 깊은 변화를 전혀 해명할 수 없는 피상적 학
설로, 이미 여러 번 반박된 바 있다. 횔덜린은 자기 안에서
일어나는 비가역적인 내적 변화를 느끼고 있었다. 이처럼
다가오는 균열과 심연에 대한 예감이 가장 뚜렷이 드러난
작품은 횔덜린의 시 중 가장 잘 알려진 〈생의 절반〉이다.

  1800년의 것으로 추정되는 육필 원고를 보면 삶이 둘
로 갈라지는 듯한 슬픔의 근원을 재구성해 볼 수 있다. 〈생
의 절반〉은 찬가 〈마치 축일을 맞이하여…〉와 같은 원고
에 파편적으로 적혀 있던 것을 1804년에 한 편의 시로 정
리해 발표한 작품이다.[10] 〈마치 축일을 맞이하여…〉는 하
늘과 대지의 경계에 선 전달자로서 시인의 운명을 노래한

---

8   Norbert von Hellingrath, "Hölderlin und sein Wahnsinn," *Hölderlin: Zwei Vorträge* (Hugo Bruckmann, 1922).

9   Pierre Bertaux, *Hölderlin, Essai de biographie intérieure* (Hachette, 1936).

10 파편 〈숲속에서〉도 이와 같은 지면에 쓰였다.

다. 번개와 폭풍우가 하늘의 의지를 대지의 생명력으로 바꾸듯이, 시인의 과제는 천상의 번개, "아버지가 내리는 빛의 줄기"를 포착하고 이를 "민중을 향한 노래 안에 / 감추어 천상의 은총을 넘겨주는 일"이다. 신을 보고자 하는 열망의 결과로 벼락을 맞게 되는 세멜레의 신화가 암시하듯, 이는 위험천만한 일이다. 시인은 아무런 보호 없이 "헐벗은 머리"로 폭풍 앞에 노출되어 있다. 횔덜린은 이러한 위험을 인식하기에, 찬가의 마지막 부분에서 시인을 끝까지 찬미하는 데에 실패한다. 조화로운 언어는 갑자기 무너지며 "내 재앙이로다!"라는 탄식으로 바뀌고, 곧 진리를 누설한 대가로 찾아올 파멸에 대한 어두운 예감이 엄습한다.

　　나 이렇게 말한다면,

　　천상의 자들을 보려고 가까이 갔다 말한다면,
　　그들이 직접 나를 산 자들 가운데로 던져 넣으리니,
　　가짜 신관을 어둠 속으로 던져 넣으리니,

　　천상의 세계를 찬가의 언어로 붙잡을 수 있다는 감각은, 감히 신들에게 어울리지 않는 모조 언어를 만드는 아류, 가짜 신관이 되었다는 자괴감과 저주의 감각으로 전환된다. 이는 곧 그의 정신을 찾아올 침묵에 대한 기민한 예

감이다. 〈마치 축일을 맞이하여…〉에서 횔덜린은 천상과
어둠, 찬가와 침묵 사이를 오가는 긴장을 극복하지 못하
고, 시는 끝까지 쓰이지 못한 파편으로 남는다. 그러나 마
치 실패와 어둠에 대한 반향처럼, 침묵의 세계를 향해 밀
려나가는 시인의 내적 자화상이 이로부터 흘러나온다. 실
패한 원고의 여백에는 〈생의 절반〉의 아름다운 그림이 그
려진다.

　　노란 배들이 열리고
　　야생 장미로 가득한 대지는
　　호수의 안을 향해 몸을 내민다,
　　너희 사랑스러운 백조들아,
　　입맞춤에 취해 있던 너희는
　　이제 깨어남의 성수에
　　고개를 담그는구나.

　　가엾어라, 겨울이 오면
　　나는 어디에서 꽃들을, 또
　　햇볕을, 그리고 어느
　　대지의 그림자를 취하면 좋으랴?
　　성벽들은 말이 없고
　　차갑게 서 있을 뿐, 불어오는 바람 속에

깃발들이 삐걱이네.

　때는 가을이고 시인은 호수 앞에서 떨어지는 누런 낙엽
을, 한 해의 과실이 익어가는 만족을 본다. 시인으로서의
언어적 성취가 무르익어 극에 달했음은, 마치 야생의 장미
처럼 이유 없이 자라나 아름다움으로 만개했음은, 역설적
으로 그 아름다움의 끝을 예견한다. 모든 꽃과 열매를 낳
은 풍요로운 대지는 여기에서 끝나고, 이제 차가운 물의
영역이 시작된다. 결실과 쇠락이 중첩된 이 이미지는 이제
호수 위에 떠 있는 한 쌍의 백조에게 투영된다. 백조는 일
부일처의 동물로 디오티마 혹은 주제테와의 사랑을 떠올
리게 하는 동시에, 음악과 시의 신인 아폴론의 상징이기
도 하다. 백조들의 입맞춤은 이루어질 수 없는 사랑과 다
할 수 없는 노래에 취하여 천신들의 영역으로 춤추듯 걸
어 들어갔던 나날에 대한 기억이다. 그러나 마치 대지가
호수 안으로 걸어 들어가며 꽃들을 잃어버리듯이, 가을
이 겨울로 넘어가며 열매를 떨구듯이, 이제 백조는 머리를
성수에 담그며 사랑의 열기를 식힌다 ─ 다시 말해, 시인
은 언어를 잊는다. 두 번째 연에서는 겨울의 외로운 시간
을 상상하는 것만으로도 계절이 바뀐다. 주체와 객체가 하
나 된 감각에서 시작되는 것이 미적 판단이라면(〈존재, 판
단…〉), 외부 세계는 반대로 내면에 대한 은유가 될 수 있

다. 마음이 계절을 물들이고, 마음이 풍경에서 생명을 지운다. 만개하는 언어, 떨리는 젊음이 끝나버리고 나면 아름다움을 어디서 얻으랴? 충만한 의미를 불어넣을 마법, 시인의 언어가 사라진 세계는 생명이 꺼져버린 쓸쓸한 세계다. 풍성한 대지는 성벽으로 바뀌었고, 나무와 꽃은 깃발(또는 풍향계)로 대체되었다. 노래는 깃대가 돌아가며 내는 금속의 마찰음으로 변했다.

앞서 언급했듯, 횔덜린의 결정적인 정신적 변화는 1802년 보르도에서 독일 남부로 돌아오는 도보 여행 중에 일어난다. 정확한 기록이 없기에 왜 가정교사로 일하던 보르도를 갑자기 떠나 독일로 돌아왔는지, 또 그 과정에서 정확히 어떤 사건이나 경험이 횔덜린의 마음에 그토록 큰 균열을 냈는지는 추측의 영역으로 남았다. 연인 주제테가 죽었다는 소식을 접한 것이 결정적이었다는 설, 전쟁에 시달리던 혁명기 프랑스의 참혹한 광경을 본 충격이 원인이었다는 설, 한여름의 알프스를 맨몸으로 걸어가면서 뜨거운 햇볕에 심신이 망가졌다는 설까지, 다양한 가설이 있다. 이유가 무엇이었든 간에 분명한 것은 평범한 세계를 넘어서는 경험, 생이 절반으로 쪼개지는 듯한 변화가 있었다는 사실이다. 뷜렌도르프에게 보내는 편지에서 횔덜린은 당시의 경험을 회상하며 이렇게 적었다.

강력한 자연의 힘, 하늘의 불길, 그리고 인간들의 침묵, 자연 속 이들의 삶, 그리고 이들의 속박과 만족이 나를 끊임없이 사로잡았소. 그리고 영웅에 빗대자면 아폴론이 나를 내려쳤다고 말할 수 있을 것이오.[11]

보르도에서 "아폴론의 내려침"을 겪으며 독일로 돌아온 이후에도 휠덜린이 집필 작업을 계속할 수 있었음은 놀랍다. 일상적, 사회적 이성을 점점 잃어가는 과정에서도 그의 작시 능력은 근본적 의미에서는 상실된 적이 없으며, 오히려 변화와 발전을 보이기 때문이다. 이 시기에 쓰인 후기 찬가는 언어와 형식이 난해하며 동시에 신학적, 철학적인 주제들을 다루고 있어 이 짧은 해제에서 전체적으로 논하기는 어렵다. 하이데거가 《휠덜린 시의 해명》에서 〈마치 축일을 맞이하여…〉, 〈추억〉, 〈그리스〉 등을 자세히 다루었으니 관심 있는 독자라면 일독을 권한다.[12]

핀다로스 파편

휠덜린은 생전에 고대 그리스 시인 핀다로스와 극작가 소포클레스의 작품을 여러 차례 번역했다. 그의 번역 과정은

---

11 프리드리히 휠덜린, 《휠덜린 서한집》, 장영태 옮김(인다, 2022), 493.
12 마르틴 하이데거, 《휠덜린 시의 해명》, 신상희 옮김(아카넷, 2009).

문헌학적으로 엄밀한 것이라기보다는, 고대 그리스어의 문장 구조와 음악성을 독일어로 극한까지 가지고 오려는 시도로 보인다. 번역과 창작을 거의 구분하지 않았던 것이다.

〈핀다로스 파편〉은 1804년에서 1805년에 걸쳐 쓰인 것으로 추정된다. 시간적으로 볼 때 이 글은 횔덜린이 정신병원 입원을 겪으며 완전한 광기로 넘어가기 전 마지막 작업에 속하며, 이론적 사유를 표출한 글 가운데 가장 나중의 것이기도 하다. 이 아홉 편의 텍스트는 번역과 창작이 유기적으로 조합된, 문학사적으로 극히 독특한 작품군을 이룬다. 횔덜린은 핀다로스의 찬가 파편을 그리스 원문의 어순에 가깝게 직역하는 동시에, 번역 과정에서 파생된 일종의 철학적 주해 또는 시적 산문을 자신의 음성으로 덧붙이거나 삽입하는 방식으로 작업했다. 그 과정에서 본래는 무제였던 아홉 편의 파편에 제목을 부여했다.

발터 벤야민Walter Benjamin은 〈번역가의 과제〉 마지막 부분에서, 자신이 구축한 번역의 이상에 부합하는 사례로 횔덜린의 그리스어 번역을 언급한다.[13]

---

13 다만 〈번역가의 과제〉에서 벤야민은 〈핀다로스 파편〉을 직접 언급하지는 않고, 횔덜린의 소포클레스 번역과 핀다로스 찬가 번역을 주로 논한다.

[횔덜린의 번역에서] 언어의 조화는 너무도 심원하여, 의미는 마치 에올리언 하프가 바람에 스치듯 언어에 스칠 뿐이다. 횔덜린의 번역은 그 형식의 원형이다. 그의 번역이 원문의 가장 완벽한 번역과 맺는 관계는 원형과 모범의 관계와도 같다. […] 그렇기에 그의 번역들에는 모든 번역이 지닌 원초적이고 공포스러운 위험이 거하고 있다. 이토록 확장되고 완전히 장악된 언어의 경우, 언어의 문들이 닫혀 번역자를 침묵 속에 가두어버릴 수 있다는 위험이다.[14]

벤야민에 따르면, 횔덜린의 번역은 의미라는 매체에 거의 의지하지 않으면서 원문에서 번역문으로 곧바로 이행한다. 모든 완성된 시가 말하고자 하는 것은 개별 언어를 초월한 '순수 언어reine Sprache'이며, 모든 번역이 의도하는 것은 "마치 깨진 항아리의 파편을 맞추어 나가듯" 침묵에 가까운 순수 언어를 재구성하는 일이라는 벤야민의 번역론을 따른다면, 의미 해석과 맥락화를 최소화하는 횔덜린의 방식은 이상적이다. 그것은 인간 연주자가 아닌 자연, 즉 바람의 움직임에 의해 소리를 내는 에올리언 하프처럼

---

14 Walter Benjamin, "Die Aufgabe des Übersetzers," *Gesammelte Schriften*, Bd. IV/1 (Suhrkamp, 1972), 9 – 21.

언어 자체가 담고 있는 화음을 있는 그대로 드러낸다. 그러한 번역에 담긴 언어는 침묵에 가장 가까운 소리이며, 너무도 희미하여 사라져버릴 위기에 처한 언어이다. 다른 번역 작업과 달리 〈핀다로스 파편〉 번역에서 휠덜린은 파편으로 전해지는 핀다로스 텍스트만을 사용했으며, 따라서 시의 내적 맥락에서 떨어져 나온 상태로 원문을 대한다. 이런 번역의 결과물은 그리스 신화의 세계를 흐릿한 배경으로 삼은, 그러나 역사적 시간은 풍화되어 사라져버린, 해석되지 않은 꿈처럼 순수한 그림들이며, 그에 따르는 휠덜린의 해설은 시인지 철학적 논평인지 구분이 불가능할 정도로 극히 승화된 생각의 흐름이다.

핀다로스 파편 중 가장 나중에 쓰인 것으로 추정되는 〈생명을 주는 것〉을 보자. 핀다로스는 원문에서 반인반수 켄타우로스들이 술에 취해 가는 모습을 그렸다.

사내들을 굴복시키는 것,
켄타우로스들이
그 힘을 배웠을 때
꿀처럼 달콤한 포도주의 힘을, 돌연
하얀 우유를 두 손으로, 식탁을 밀쳐버렸다, 자연히
은으로 만든 뿔잔으로 마시며
어리석음에 들었다.

포도주는 물론 디오뉘소스의 신물神物이다. 〈빵과 포도주〉의 원래 제목이 〈포도주의 신Der Weingott〉이었으며, 바로 그 포도주의 신이 〈마치 축일을 맞이하여…〉에서 시인을 도취적 창조력과 그에 따른 파멸의 위험으로 몰아넣던 무시무시한 자연력, 디오뉘소스 신임을 상기해 보자. 이것은 인간이 반인반수가 되는 장면이며, 도취의 순간에 목가적 고요함 — 우유가 놓인 식탁 — 을 쓰러트리는 장면이다. 횔덜린은 이 장면을 옮기면서 문명과 야만, 인간과 자연 사이에 위치한 존재인 켄타우로스가 상징하는 바에 대한 사유를 펼친다.

켄타우로스의 개념은 물길의 정신에 대한 개념일진대, 물길은 본래 길 없이 하늘을 향해 자라나는 대지를 건너며, 힘으로 길을 내고 경계를 세운다.

전혀 다른 부류의 대상인 켄타우로스와 물길을 동치하는 이 착상은 위험할 정도로 대담하다. 횔덜린이 강을 주제로 한 시를 여러 편 남긴 것은 우연이 아닐 텐데, 물길은 길이 없는 곳에 길을 만들며 나아간다는 점에서 자연의 합목적성에 대한 가장 아름다운 비유이다. 그리고 시인 자신이 살아온 삶에 대한 비유이기도 하다. 나는 다음 부분을 자전적 서술로 읽는다.

그런 지역에서는 물길이 길을 내며 흐르기 전에 오래도록 헤매어야 한다. 그러면서 젖먹이 짐승들을 위한 호수, 습지, 대지 안의 동굴 들이 만들어진 것이고, 켄타우로스는 오디세우스의 퀴클롭스와 같은 들판의 목자였다. 물들은 그리워하면서 그 방향을 찾았다. 양쪽 강변에서 굳은 땅이 더욱 견고해질수록, 또 뿌리 깊은 나무들, 덤불들, 포도나무들로 인해 방향이 정해질수록, 마찬가지로 강변의 형태에 따라 움직이는 물길 역시 방향을 얻었으며, 마침내, 원류에서 떠내려온 것에 밀려, 자신을 가두고 있던 산들의 결속이 가장 약한 부분에서, 터져나갔다.

이 문단의 첫 부분에서는 문장의 흐름 자체가 마치 고원에서 구불구불 헤매이는 물길처럼 어지럽다. 횔덜린의 언어는 선형적 서사나 논리적 연쇄를 따라서 나아가지 않고, 오직 "그리워하면서 그 방향을 찾"는다. 문장 간의 관계는 순접도 아니고 역접도 아니다. 이는 마치 시인 자신의 삶이 정형적인 길을 가지 않고 오직 그리운 쪽으로만, 사랑하는 쪽으로만 진행된 것과 같다. 강둑이 점점 견고한 형체를 얻을수록 시인의 삶이라는 급류는 더욱 강하게 흐른 것인데, 이 급류가 이르는 곳은 호수나 바다와 같은 고요한 공간이 아니다. 횔덜린이 묘사하는 것은 바로 물길이 산맥을 뚫고 터져나가는 순간이다. 시적 도취에서 광기로 넘어가는 일련의 과정이 어떤 열림의 경험이었음을 말하는 것일까? 시인의 언어를 가두고 있던 의미라는 방해물은 물길의 필연적인 흐름을 막지 못했고, 그래서 그의 언어는 벤야민이 말한 것처럼 침묵과 심연, 아름다운 무의미를 향해서 낙하하기 시작한 것일까? "이렇게 켄타우로스들은", 즉 횔덜린을 비롯하여 신의 광기를 체험해야 했던 모든 시인들은 "하얀 우유와 식탁을 두 손으로 집어 던져버린 것"이며 "확고함을 얻은 것이다". 〈생의 절반〉에 나타나는 쓸쓸한 비애가 인간적 언어의 세계를 떠나야 한다는 이별의 아픔에서 오는 것이라면, 여기서 취해 날뛰는 켄타우로스는 일상적 의미를 뒤엎어 버린 이후의 상태에 대한 표현이다(실제 이 글이 쓰일 당시 횔덜린은 간헐적 발작 증세를 보였다). 그렇다면 얼핏 광인의 뜻 없고 거친 언어처럼 보이는 이런 시상詩想들은, 반대로 고준한 내적 상태와 그에 따른 자유를 묘사하는 언어로 해석해 볼 수 있다.

〈핀다로스 파편〉에서 횔덜린은 번역을 매개로 하여 전에 없이 자유로운 언어, 마치 의미의 구름 위를 부유하는 듯한 시적 언어를 성취한다. 특히 원문의 의미가 사라질 듯 옅어진 지점에서, 그 공백을 채우기라도 하듯 밀려들

어 오는 시적-철학적 사유는 그 방식과 깊이가 매우 특별
하다. 그것은 특정된 대상을 가지지 않기에 오히려 진실하
며, 추상적 개념이 아닌 시적 이미지를 단위로 삼아 이루
어지기에 오히려 스스로에게 충실하다. 이는 외부의 시선
으로 보면 광기라고밖에는 묘사할 수 없는 정신의 급격한
변화 속에서 횔덜린이 어떤 정신적 "발전"을 이루어내고
있었다는 반증이기도 하다. 또한 번역이 2차적, 모사적 행
위가 아니라 완전히 새로운 사유로 이어질 가능성을 실험
했다는 점에서 의미를 가진다.

시학-철학 파편들

이 난해한 글 두 편을 본 선집에 실은 것은 횔덜린이 시인
인 동시에 철학자로 활동했음을 상기하기 위해서이다. 동
시대의 '시인-철학자' 노발리스와 마찬가지로, 횔덜린 역
시 시인으로서의 정체성을 유지하는 가운데 철학적 작업
에 몰두했다.[15] 청소년기의 절친한 친구 헤겔과 셸링이 독
일 철학사에서 가장 중요한 인물에 속하는 사상가로 성장
하는 과정에는 횔덜린의 선구자적 영향이 막대했으나, 횔
덜린이 체계적인 철학 저술을 남기지 않은 탓에 이는 오

---

15 "그래도 나와 같은 식으로 불행해진 모든 시인이 명예롭게 도피할 수 있는
일종의 요양소는 존재하네. ─ 철학이 그것이지." 1798년 11월 12일 노이퍼
에서 보낸 편지 중에서. 프리드리히 횔덜린, 《횔덜린 서한집》, 286.

늘날까지도 제대로 조명되지 않고 있다. 연구자 디터 헨리히Dieter Henrich의 평가에 의하면, 초기 헤겔이 칸트와 피히테 철학에서 벗어나 독자적 사상 체계를 구축한 데에는 그보다 앞서 플라톤주의적-관념론적 철학을 세워놓았던 횔덜린과의 교류가 결정적인 영향을 주었다.[16] 헤겔, 횔덜린, 셸링 세 사람은 〈독일 관념론 최초의 체계 구상Das älteste Systemprogramm des deutschen Idealismus〉[17]이라는 글을 함께 쓴 것으로 추정되는데, 횔덜린은 그보다 2-3년 앞서 쓴 글 〈존재와 판단〉에서 이미 칸트와 피히테를 벗어난 새로운 영역에 들어선 사상을 보여주기 때문이다. 횔덜린을 독일 관념론의 창시자로 보는 것은 무리가 있겠으나, 그는 관념론으로 이어지는 새로운 정신적 기류를 가장 먼저 기민하게 감지하고 동료들과의 합철학Symphilosophie을 통해 이것이 새로운 사조로 태어나도록 자극했던 것이다.

짧은 파편으로 전해지는 〈존재와 판단〉에서 횔덜린은 주체와 객체의 "완벽한 합일"과는 정반대의 문제, 즉 "절

---

16 Dieter Henrich, "Hegel und Hölderlin," *Hegel im Kontext* (Suhrkamp, 2010), 9-40.

17 이 글은 1797년 쓰인 것으로 보이며, 헤겔의 자필 원고로 남아 있다. 존재가 알려져 있지 않다가 1913년에 발견되었으며, 1917년 프란츠 로젠츠바이크에 의해 발표되었다. 원고를 실제로 쓴 것이 세 명 중 누군지에 대해서는 오랜 논란이 계속되고 있으나, 1797년 초 횔덜린과 헤겔의 재회와 깊은 관련이 있다고 여겨진다. 이 글의 한국어 번역문은 다음 책에 부록으로 실려 있다. 사이먼 크리츨리, 《유럽 대륙철학》, 이재만 옮김(교유서가, 2016), 216-220.

대 존재"로부터의 "원초-분열"을 통해 주체와 객체가 생성되는 문제에 대해서 말하고 있다. 여기에서 횔덜린은 신플라톤주의적 입장에서 주객의 문제를 바라보며, 주체와 객체가 분열되지 않은 원초적 합일의 상태를 전제한다.[18] 피히테와 달리 이 원초적 합일은 "자아Ich"가 아니다. 횔덜린에게 있어서 개인의 자의식은 "'나'로부터 '나'를 분리함으로써만 가능"하며, 따라서 이미 분열을 통해 생성된 것이다. 이 글에서 횔덜린은 독일어 판단Urteil이라는 어휘를 어원적으로 분석하여 원초Ur-분열Teilung로 이해하는데, 이는 의식 안의 모든 개별 존재가 분열에 의해서 생성됨을 말한다. 그러나 노발리스와 슐레겔의 파편론에서 파편의 존재가 전체의 존재를 암시하는 것과 유사한 방식으로, 모든 분열 안에서는 역시 "총체가 필연적으로 전제된다".

횔덜린은 이와 같이 고도로 철학적이고 추상적인 사유를 전개하면서도, (헤겔이나 셸링처럼) 그것을 체계화하는 데에는 관심이 없었다. 그에게 철학은 오히려 삶의 문제, 그리고 무엇보다 시의 문제를 개념화하고 해결하는 데 필요한 것, 즉 이론보다는 절실한 생존 수단이었다. 1799년 경에 쓰인 철학/시학에 대한 파편 〈생성과 소멸〉

---

18 Johann Kreuzer, "Einleitung," Friedrich Hölderlin, *Theoretische Schriften* (Meiner, 1998).

은 세계, 조국, 그리고 시예술에 관한 글이다. 독자를 상정하지 않고 쓰인 만큼 극도로 난해하고 복잡한 문장들로 이루어져 있기 때문에 체계적 접근은 쉽지 않으나, 후기로 넘어가는 시점에서 횔덜린의 철학적 사유가 어떤 방식으로 시와 연결되는지 추측할 단초를 제공한다. 시가 개념적으로 파악 불가능한 것을 감각과 상징을 통해서 붙잡으려는 노력이라면, 이 글은 개념적 사유에서 벗어난 것을 개념을 통해 접근하려는 시도라 할 수 있다.

⟨존재와 판단⟩의 연장선상에서 본다면, 이 글은 원초 존재가 분화를 거쳐 역사적, 의식적 현실로 구체화되는 현상을 다룬다. 앞서 본 원초-분열의 관념은 여기에서 시간의 흐름과 과거의 기억이라는 두 가지 상반된 진행 방향으로 나뉘어 해석된다. 시간의 흐름이 외부 세계의 변화를 이룬다면, 기억은 내적 세계를 구성하는 힘으로, 시적 대상의 성립과 직접 관련된다. 한편, "조국의 몰락"이라는 다소 감정적인 도입부는 독자를 놀라게 하는 동시에 텍스트에 접근할 통로를 열어준다. 이는 실제 혁명기 독일 국가들의 몰락을 말하는가? 아니면 관념적 조국, 즉 언어가 시 안에서 붕괴하는 것을 가리키는가? 파편적인 문헌 내에서 이를 확인할 길은 없으나, 우리는 감성적으로 고향에 해당하는 어떤 원초적 공간이 붕괴하고 기억 속에서 재건립되는 경험을 토대로 이 글이 쓰였다고 추측할 수 있다. 횔덜

린의 합일적 사유에서 몰락은 곧 생성이며, 조국의 몰락은 새로운 세계의 창조로 이어지기 때문이다. 세계의 붕괴와 건립을 동시에 사유함으로써만 가능한 이런 구상은 "존재와 비존재 사이의 상태"라는 모순적인 개념으로 이어진다. 시작詩作의 입장에서 바라보면 붕괴와 기억은 존재와 비존재 간의 전환이 이루어지는 중간 공간을 상정하게 하는데, 휠덜린은 여기에 "무시무시한 꿈, 그러나 신성한 꿈"이라는 이름을 붙인다. 꿈은 아직 재조합되지 않은 상태로 부유하는 창조적 가능성들이라 볼 수 있으며, 인간의 조형력을 넘어서는 신성한 것이다. 이 가능성에서 생겨나는 예술적 모방, 즉 시는 "파악할 수 없고 불행한 붕괴의 성질을 파악하고 그것에 생명을 부여하는 일"이며, 그런 의미에서 "죽음 그 자체와의 싸움"이다. 그것은 역사적 시간에 역행하는 일이다. 즉 시적 언어의 발화에는, 세계 내에서 분리되었던 관념들을 다시 합일시키는 역행의 과정이 포함된다.

모든 것이 고통이자 기쁨으로, 전투이자 평화로, 동動이자 정定으로, 형태이자 혼돈으로 무한하게 스스로를 관통하고, 접촉하고, 관여하기에, 여기에는 대지의 불길이 아니라 하늘의 불길이 작용하기 때문이다.

357

"대지의 불길"은 역사적 시간이다. 역사적 현실에서는 고통과 기쁨이 반대급부를 이루고, 전투와 평화가 서로 반목하며, 형태와 혼돈은 섞일 수 없다. 반면 시인의 영역, "하늘의 불길"이 "신성한 꿈"을 통해서 작용하며 건립되는 세계에서는 이 모든 것이 서로를 관통하며 하나로 섞여들 뿐만 아니라, 시간을 거슬러가며 새로운 이상적 형태로 조형된다. 그렇다면 과거와 현재, 유한과 무한, 가능성과 필연성은 시 속에서 합일하며, 시간, 고통, 죽음이 없는 세계로 구원되는 것인가? 이는 마치 어린 시절부터 횔덜린을 동경하던 니체가 70년 후 《비극의 탄생》에서 그리게 될 변증법적 예술 구원론을 예감하는 것 같다.

'스카르다넬리' 서명이 담긴 최후기의 시

최후기의 시를 이해하기 위해서는 '광인 횔덜린'의 삶을 들여다볼 필요가 있다. 횔덜린은 1805년에 친구 싱클레어가 뷔르템부르크 선제후를 암살하려는 계획을 꾸민다는 혐의로 체포되었을 때 주변 인물로서 같이 조사를 받는다. 이때 횔덜린은 이미 정신병이 악화되던 단계였으므로, 곧 용의선상에서 벗어난다. 그는 우울, 분노, 혼란, 발작을 오가는 심각한 상태였으며, 아끼던 피아노를 때려 부수는 등의 위험한 행동을 보이고 있었다. 설상가상으로 싱클레어와 횔덜린의 후견인 역할을 하던 홈부르크 방백이 권력을 잃어 더 이상 궁정에 머무를 수도 없었기에, 횔덜린은 1806년 튀빙겐의 아우텐리트 정신병원에 강제로 입원당한다. 튀빙겐 횔덜린 기념관에는 지금도 횔덜린의 진료 기록이 전시되어 있는데, '병의 원인'란에는 다음과 같이 써 있다. "불행한 사랑, 피로, 공부". 이 기관은 당시 독일 최초의 현대적 정신병원이었다고는 하나, 치료 방법은 오늘날 기준으로 본다면 매우 과격하고 해롭기까지 하며 횔덜린의 병을 치료하는 데에는 아무런 도움이 되지 않았다. 231일 후에 횔덜린은 치료 불가능이라는 진단과 3년을 넘기지 못할 것이라는 시한부 선고를 받고 퇴원한다.

마침 정신병원에서 불과 몇 걸음 거리에 살던 목수 에른스트 치머는 자신이 감명 깊게 읽은 소설 《휘페리온》의 작가가 불행에 빠진 것을 보고, 갈 곳 없는 횔덜린을 자기 집에서 돌보기로 결정한다. 이렇게 해서 1807년부터 횔덜린은 작은 탑 2층에서 지내게 되며, 산책을 제외하고는 이곳을 떠나지 않는다. 이 방은 6-7평 정도 되는 작은 공간이지만 여러 개의 창문을 통해 네카르 강에서 알프스까지 펼쳐진 평야를 바라볼 수 있었다. 횔덜린은 주로 이 작은 방 안을 걸어다니면서 알아들을 수 없는 혼잣말을 하며 시간을 보냈고(너무 많이 걸어서 구두굽을 자주 갈아야 했다는 기록이 있다), 아침에는 울타리 쳐진 강가의 정원을 걸었다. 그 외에는 피아노를 치거나(때때로 단순한 선율이나 음을 몇 시간, 며칠이고 반복했다는 기록이 있다), 노래를 하거나, 자신의 책 《휘페리온》을 읽었으며, 엄청나게 많은 양의 시를 썼다.

당시에는 정신병자의 글로만 인식되었기에 그렇게 쓰인 수많은 글은 대부분 폐기되었으나, 우연히 살아남은 48편의 시가 오늘날까지 전해진다. 튀빙겐 시절 초반 횔덜린과 우정에 가까운 관계였던 젊은 시인 빌헬름 바이블링거Wilhelm Waiblinger가 횔덜린의 육필 노트를 토대로 재구성한 〈사랑스러운 푸르름 속에서…〉는 그중에서도 단연 특별한 작품이다. 이 글은 미쳐가는 시인, 즉 횔덜린을 소재로 한 바이블링거의 소설 《파에톤Phaeton》(1823)의 끝부분에 산문시의 형태로 실리며 세상에 알려졌다. 고대 그리스의 상징 세계와 시인의 독백이 어지럽게 엉키며 진행되는 이 글에서 느껴지는 것은 가슴 깊은 상실의 고통이다. 시를 여는 첫 번째 이미지가 '푸르름 속에서 피어나는 교회탑'인 데서 보듯, 지나칠 정도로 자유로운 언어와 시상의 연쇄, 어조와 발화의 기묘한 변화는 마치 아방가르드 미학을 예고하는 것 같다.

그러나 인간들의 웃음은 나를 우울하게 하니, 나에게는 마음이 있는 것이다. 나는 혜성이 되고 싶은가? 그런 듯하다. 그들은 새들과 같이 빠르기에, 그

들은 불꽃으로 피어나기에, 아이들과 같이 순수하
기에. 이보다 더 큰 것을 원할 정도로 인간의 본성
이 어긋날 수는 없다. 미덕의 명랑함 역시, 정원의
세 기둥 사이에서 흔들리는 진지한 정신의 찬탄을
받을 여지가 있다. 한 아름다운 처녀가 머리에 뮈
르테 화관을 씌워야 한다. 그녀는 본성도, 감각도
순일純一하기 때문이다. 하지만 뮈르테는 그리스에
서 자란다.

이와 같은 부분을 산문 형식으로, 행간의 공간 없이 읽
으면 최후기의 횔덜린이 하루 종일 쉬지 않고 읊조리던
혼잣말이 어떤 성격의 것이었을지 조금은 추측해 볼 수
있다. 웃음은 마음으로, 마음은 혜성으로, 혜성은 새들로,
새들은 또 불꽃으로 이어지는 첫 번째 연상의 고리를 보
면, 그가 완전히 이미지로만 사유하고 있음을 발견할 수
있다. 그의 정신은 이미지의 내용이나 문장의 맥락 따위에
집착하지 않고, 오로지 서로 얽힌 심상들 사이의 오솔길
을 자유롭고 재빠르게 질주한다. 미덕, 세 기둥, 진지한 정
신으로 이어지는 두 번째 연상의 고리는 조금 더 신화적
상징의 굳건함을 가진 듯하며 정돈된 사고의 흐름을 기대
하게 한다. 하지만 선형적으로 뻗어 나가는 듯했던 사고
는 곧바로 뮈르테 화관을 든 아름다운 처녀의 등장과 함

께 찬란하게 부서져 버린다. 이 경우에도 일반적인 독자라면 정신의 상像을 대체하는 여인의 모습에 마음을 빼앗기며 여기에 머물고 싶어질 것이다. 그렇지만 다음 문장으로 넘어가면, 횔덜린의 마음은 이미 그리스로 떠나버린 지 오래다. 이 문단을 끝맺는 문장 "하지만 뮈르테는 그리스에서 자란다"에서는 현상 세계의 무게에 대한 어떠한 미련도 찾아볼 수 없다. 어떤 것에도 집착하지 않는 정신, 달리 말해 대상을 붙드는 법을 잊은 정신이 여기 움직이며 아름다움을 일구고 있다. 그러나 광기에서 가끔 깨어나듯, 어떤 구절에서는 절반의 자아를 회복한 것처럼 보이기도 한다.

누군가 거울을 들여다볼 때, 한 남자가 그 안에서 자신을 베낀 듯한 상을 본다면, 그것은 남자를 닮은 것이다. 인간의 상에는 눈이 있지만, 달에는 빛이 있다. 오이디푸스 왕은 어쩌면 눈 하나가 너무 많았다. 이 남자의 이 고통들, 묘사할 수도 없고 발설할 수도 없고 표현할 수도 없는 듯하다.

시인은 자기 자신을 담은 거울을 보지만, 노래하는 자와 거울상은 이미 깊게 유리되어 있다. 그것은 "누군가"이고, "남자"이자 "인간"이며(거울 안의 모습을 반복하여 부를 때마다 개인성이 점점 희석되며 더 일반적인 명칭이 쓰인다), 결과적으로 "오이디푸스 왕"이다. 횔덜린은 자신의 삶은 기억하지 못하지만, 오이디푸스 왕의 슬픔은 기억하고 있다. 신화의 방벽 안에 가두어 놓기는 했지만, 여전히 그것은 표현할 수 없는 고통의 기억이다. 오이디푸스의 고통은 "눈이 하나 너무 많"은 자의 고통이다(소포클레스 비극에서 오이디푸스 왕은 마지막에 자신의 두 눈을 찔러 버린다). 그것은 일상 세계를 초월하는 시선을 열어버린 자의 비극적인 운명이다. 인간에게 허락된 것 이상을 보는 자를 기다리는 것은 파멸이며, 시적 도취와 신들의 세계에 대한 계시로 가득 찬 삶은 언젠가 침묵으로 끝날 것임을 횔덜린은 젊은 시절부터 예감했던 것이다. 그의 광기는 그렇다면 오이디푸스 왕의 실명처럼 스스로 찌른 상처일까? 이 역시 대답할 수 없는 질문이며, 많은 해석자들을 괴롭힌 질문이다.

〈사랑스러운 푸르름 안에서…〉는 본래 핀다로스 시형으로 쓰인 것으로 보이며, 후기의 찬가 파편들과 양식 및 상징을 공유한다. 1820년 초반의 횔덜린은 아직도 그리스 상징 세계를 끌어들이고, 희석과 은유를 여러 차례 거치기는 하지만 그 자신의 삶을 시로 담아내고 있다. 그의 시에는 아직도 '나'가 등장한다. 그것은 온전한 사회적 인격체는 아닐지언정, 느끼고 말하고 글 쓰는 주체로서 활동하고 있다. 이런 면모는 최후기의 다른 시에서는 완전히 변화한다. 후기에 일어난 극적인 양식 변화처럼, 최후기에도 횔덜린은 한번 더 완전히 새로운 시풍으로 전환을 보인다. 그의 정신에서 일상생활에 필요한 부분은 무너졌을지라도 작시에 필요한 부분은 오히려 극적인 변화와 정제를 거친 듯하다.

최후기의 횔덜린은 그 독특한 운명 탓에 점점 튀빙겐의 명물이 되었기에, 대학생을 비롯한 많은 사람들의 방문을 받았다. 그는 방문객의 부탁을 받으면 즉석에서 시를 써주곤 했는데, 대체로 다음과 같은 장면이 펼쳐졌다. 횔덜린은 방문객에게 "음, 교황 성하께서는 어떤 주제를 원하십니까? 계절들, 그리스, 아니면 시대정신이 좋을까요?"라고 질문하고서는 — 튀빙겐 탑에서 기거하던 시절 횔덜린은 모든 방문객을 교황 성하, 황제 폐하, 백작님, 대주교님 등 과장된 호칭으로 불렀다 — 대답을 기다렸다. 주제가 정해지면 탁자에 기대 서서 왼손으로 강음절[19]의 수를 두드려 세면서 금세 한 편의 시를 써냈다. 시를 쓰는 동안만큼은 평소 그를 괴롭히던 어지러운 정신 상태가 언제 그랬냐는 듯이 사라지고, 얼굴에는 기쁨과 집중만이 가득했다고 목격자들은 묘사한다. 이렇게 방문객을 위해 쓴 시들, 그리

---

19 독일시와 영시는 강세가 있는 강음절과 강세가 없는 약음절을 배열하는 규칙에 따라 쓰이며, 그 조합에 따라 운율을 형성한다.

고 치며 가족에게 선물한 시 등 총 48편의 짧고 긴 시가
전해진다. 이 중 23편에는 '스카르다넬리Scardanelli'라는 이
름으로 서명이 되어 있다. 횔덜린의 자리를 대체한 이 스
카르다넬리는 누구인가?

뒤빙겐의 탑에서 살기 시작한 다음 언젠가부터 횔덜린
은 자신의 이름을 쓰는 것을 거부했다. 횔덜린이라는 이름
으로 자신을 부르면 격분하기도 했으며, 피셔의 기록에 따
르면 1840년대에 새로 출간된 자신의 시집을 보고는 "맞
아요, 이 시들은 진짜군요. 내가 쓴 게 맞습니다, —하지만
이름이 날조되었군요, 나는 횔덜린이란 이름을 가졌던 적
이 없어요. 내 이름은 스카르다넬리거나 스카리바리, 살바
토르 로사 등이었을 겁니다"라고 말한 적도 있다. 이 많은
이탈리아풍 이름 중에서도 특히 시의 서명으로 쓰인 '스
카르다넬리'가 무엇을 뜻하는지에 대해서는 많은 추측이
난무했다. 언어학자 로만 야콥슨Roman Jakobson이 주장하는
바 '스카르다넬리Scardanelli'와 '횔덜린Hölderlin'의 첫 음절을
떼어내고서 비교해 보면 애너그램으로 밝혀지며, 이는 일
종의 암호화 기제로 이해할 수 있다. 또한 야콥슨은 몰리
에르Molière의 희곡 〈동 쥐앙Don Juan〉에 등장하는 인물 스
가나렐Sganarelle와의 유사성에도 주목한다.[20] 즉 스카르다

---

20 Roman Jakobson und Grete Lübbe-Grothue, "Ein Blick auf Die Aussicht von Hölderlin," *Hölderlin. Klee. Brecht* (Suhrkamp, 1976), 27 - 96.

넬리는 과거의 자신을 가리는 무대 위의 가면 같은 것이다. 스카르다넬리 서명이 붙은 시들의 또 다른 기묘한 특징은 현실의 날짜와 상관 없는 상상 속의 날짜가 적혀 있다는 점이다. 이 날짜 중 가장 이른 것은 1648년으로 횔덜린이 태어난 해보다도 백 년 이상 이른 과거이며, 가장 늦은 것은 심지어 1940년이다. 이러한 외적 요소들은 자칫 광인의 괴벽으로 치부될 수도 있지만, 실제 최후기의 시에서 드러나는 세계 감각과 일치한다. 횔덜린의 시에서 그려진 세계는 주체가 없어진 세계이며, 시간의 선형적 흐름이 멎은 영원의 세계이다.

'스카르다넬리' 서명이 남아 있는 최후기 시의 가장 중요한 형식적 특징은 대명사와 동사에서 1인칭과 2인칭, 그리고 과거와 미래 시제가 전혀 등장하지 않는다는 점이다.[21] 뒤집어서 말하면, 이 시들에 담긴 세계에는 3인칭 현재만이 있다. 또한 어떤 특정한 인물이나 신도 등장하지 않으며, 감각하는 존재로는 일반 명사 '인간Mensch'만이 등장한다. 나도 없고, 너도 없고, 이름도 시간도 없는 이 곳을 횔덜린이 그리는 방식은 주로 계절의 변화를 따르는 것이었다. 그리하여 이 시기의 많은 시는 계절명을 제목으로 한다.

---

21 Grete Lübbe-Grothues, "Grammatik und Idee in den Scardanelli-Gedichten Hölderlins," *Philosophisches Jahrbuch* 90 (1983): 83 – 109.

여름

이제 봄의 꽃들이 흩어져 사라지는 때
여름이 와 있네, 한 해를 끼고 흐르는 듯.
시냇물이 산골짜기로 흘러 내려가고,
산들의 웅장함도 멀리 뻗어나가네.
들판이 누구보다 웅장하게 모습을 드러내니
마치 저녁을 향해 기우는 낮과도 같네.
한 해가 이렇게 멈출 때, 여름의 시간들,
자연의 상들은 자꾸만 인간을 떠나네.

횔덜린은 하루의 대부분을 좁은 방의 창문을 내다보며
지냈다. 창문 바로 앞에는 네카르강이 흐르고, 수양버들
이 흔들리며, 눈 닿는 곳은 전부 교외의 들판이었다. 그 뒤
로는 슈바벤의 산맥이 솟아 있었다. 계절과 시간의 흐름
은 불안한 마음의 변화를 대신하여 서서히, 항상 같은 속
도로 움직이며 그를 안심시킨다. 꽃이 흩어지면 여름이 오
고, 낮이 기울면 저녁이 온다. 강물은 멈출 줄 모르고 한
방향으로 흐른다. 시간이 흐르듯이 시선도 가까운 곳에서
먼 곳을 향해 넓어지고, 들판과 산도 거대함을 향해 움직
인다. 이렇게 마음의 움직임과 풍경의 움직임이 하나가 될
때, 시간은 멈춘다. 시간이 멈추어 서면, 무수히 일어났다

가 다시 스러지는 자연의 상들이 먼지처럼 거기에 있다. 그럴 때 인간은 풍경들이 멀어지는 곳, 화폭의 바깥에 있다. 이 장소는 평화롭다. 이처럼 주객의 간극이 사라진 곳의 풍경을 담은 '스카르다넬리' 시들은—역사적 연관성이 전혀 없는—선시禪詩 전통을 떠올리게 한다.

내다봄

인간이 거하는 삶이 점점 멀어져 갈 때에,
포도 넝쿨의 시간이 저 멀리 빛이 되는 곳에,
여름의 텅 빈 풍경도 그 곁에 놓여 있고,
숲은 그 어두운 그림과 함께 나타나네.

자연이 계절의 그림들을 마저 채워주고,
자연은 머무르나, 계절들은 어서 스쳐 지나감은
완전함 탓이네, 하늘 높은 곳이 인간을
향해 빛나니, 꽃이 나무를 감싼 것과 같네.

〈내다봄〉은 횔덜린이 죽기 불과 며칠 전에 쓴 마지막 시다. 그는 그동안 탑 안에서 계절이 바뀌는 것을 서른여섯 번이나 지켜보았다. 서른일곱의 나이로 탑에 들어와 이제 일흔셋의 노인이 되었다. 생의 절반을 두 번이나 흘려 보낸 것이다. 한 번은 신들의 목소리를 받아적기 위해 온 힘으로 취해 가며, 다른 한 번은 그 취기에서 영영 깨어나지 못한 채로. 이제 돌아보니, 인간으로 살았던 삶은 지평선처럼 멀기만 하다. "포도넝쿨의 시간"은 희미하게 디오니소스 신을, 도취의 시간을 기억하는 듯한데, 이마저도 멀리서 환한 빛으로 변하고 있다. 시끄러웠던 여름은 이제 텅 비어버렸고, 숲은 외로이 그림자를 던진다. 〈빵과 포도주〉의 1연이 세상의 모든 소리가 잦아든 도시의 풍경을 그린 것처럼, 〈내다봄〉의 첫 연 역시 적막한 자연을 담고 있다. 앞서 본 〈여름〉에서는 자연(의 상)이 인간을 떠나지만, 여기에서는 계절이 자연을 스치고 지나간다. 머무르고자 하는 자연은, 머무르고자 했기 때문에 오히려 계절과 함께하지 못한다. 하지만 이는 공허한 순환도 덧없는 세월도 아닌, "내다봄"이 가진 완전함이다. 스쳐 지나가는 세계는 완전한 모습으로 빛나며, 또한 인간을 위해서 빛난다. 그 세계는 과거, 현재, 미래 없이 빛난다. 이는 마치 꽃이 나무를 감싸며 피어나는 것과 같다. 나무는 꽃이 제 주위에 만개하는 까닭을 알지 못하지만, 그리하여 기쁘게 그 향기 안에 묻히지만, 이는 사실 스스로 피워낸 꽃이다. "어떤 꽃들은, / 대지가 낳은 것이 아니라, 스스로 / 부드러운 땅에서 피어난 것"이다(〈티니안〉).

1843년 6월 7일 횔덜린은 평소와 다름없이 피아노를

치고, 평소와 다름없이 저녁을 먹었다. 그러고는 갑작스러운 불안감을 호소하다가, 오래지 않아 침대에 누운 채로 고요하게 죽었다.

마치며

이 선집에서는 고전주의 및 낭만주의 시인의 이미지를 벗어나 후기와 최후기 시에 담긴 의외적 현대성을 알리고 싶었다. 서울에서 지낼 때 어느 시인에게 횔덜린의 시를 보여주었다가 "이 글은 한국어에서 시가 될 수 없다"라는 말을 듣고 적지 않은 충격을 받았는데, 줄곧 그 충격에 반응하고 싶었던 것 같기도 하다. 나는 횔덜린의 시가 고색창연한 어조, 형이상학적이고 고전적인 고리타분함 등으로 기억되지 않고, 오히려 새로운 시대의 균열과 괴리를 가장 먼저 느끼고 반응한 현대시의 선지자로 읽히기를 바란다. 예컨대 횔덜린이 집착하는 고대 그리스 세계는, 근대의 도래로 붕괴하는 현실 속에서 의식에 떠오르는 모조 세계로 읽을 수 있다. 그리고 모든 의미가 탈색된 듯한 '스카르다넬리' 시들에서 미래파, 다다이즘 등 20세기의 아방가르드 시를 읽어내는 일도 가능할 것이다.

횔덜린은 무엇보다도 지난 세기 이후 독일어를 쓰는 모든 문학가에게 넘어야 할, 또는 넘지 못할 산이기도 했다. 현대 독일시의 최전선에서 활동하는 어느 시인에게 전통

시형과 연속성을 느끼냐고 묻자 "거의 느끼지 않지만, 그래도 횔덜린이 있다"라는 답을 듣기도 했다. 따라서 그의 이름이 직접적으로 불리지 않더라도, 횔덜린은 독일 현대 문학의 배경에서 항상 빛나고 있는 존재라고 하겠다. 횔덜린에게 깊은 영향을 받은 20세기의 시인을 꼽자면 게오르크 트라클과 파울 첼란이 될 것이다. 〈빵과 포도주〉에 대응하는 장시 〈헬리안〉에서 트라클은 횔덜린을 "성스러운 형제"라는 이름으로 부른다.

> 저녁기도 무렵 이방인은 자신을 잃어버린다, 검은
> 　11월의 파멸 속에서,
> 삭아버린 나뭇가지 아래에서, 나병 고름 가득한 성
> 　벽을 걸으면서,
> 예전 그의 성스러운 형제가 걸었던 곳,
> 광기의 달콤한 현악에 빠졌던 곳에서.[22]

트라클이 시적 형제라고 느끼는 횔덜린은 광기의 현악에 빠진 자로, 지금 "이방인"(시적 자아를 부르는 이 이름 역시 횔덜린의 언어다)이 서 있는 퇴락과 파멸의 공간을 먼저 걸어간 사람이다. "신들이 탈주한" 세계에 더욱 늦게

---

22 게오르크 트라클, 《몽상과 착란》, 박술 옮김(인다, 2020), 100.

도착한 자인 트라클은 그 풍경을 종말과 죽음의 시간으로 바라보지만, 같은 곳을 먼저 지나간 횔덜린의 흔적에 위로를 받는다.

첼란도 튀빙겐의 탑에 갇힌 광인 횔덜린에게 주목했다. 그는 〈튀빙겐, 1월〉에서 횔덜린의 시구 "수수께끼란 순수하게 솟은 것"을 인용할 뿐만 아니라 "유영하는 횔덜린 탑들"을 불러내어 광기의 풍경을 초현실적으로 빚어낸다. 시를 맺는 "팔라크쉬Pallaksch"라는 기괴한 말은 실제로 최후기의 횔덜린이 만들어내서 사용한 조어다. 횔덜린은 긍정도 부정도 하고 싶지 않은 질문을 받으면 '팔라크쉬'라 말했다고 전해지는데, 과연 그렇다면 현대시 전체가 '팔라크쉬', 이 한마디에서 예견된 것이 아닐까.

튀빙겐, 1월[23]

멀어버리도록 설-
득된 눈들.
그들의 — "이런
수수께끼란 순수-
하게 솟은 것" —, 그들의

---

23 Paul Celan, *Die Gedichte* (Suhrkamp, 2018).

372

유영하는 횔덜린 탑들에 대한
기억, 그 위를 맴도는 ─
갈매기 떼.

이런
침잠하는 말들을 지닌
익사한 목수들의 방문.

만일
만일 한 사람이 온다면,
만일 한 사람이 세상으로 온다면, 오늘,
교부들의 빛나는 수염을 달고서, 온다면. 그라면
허락되리
그라면 말할 수 있으리, 이런
시간에 대해서, 그라면
허락되리
그저 중얼거리고 또 중얼거림이,
계속, 또 계속
해서, 해서.

("팔라크쉬. 팔라크쉬")

참고문헌

횔덜린, 프리드리히. 《횔덜린 서한집》. 장영태 옮김. 인다, 2022.

트라클, 게오르크. 《몽상과 착란》. 박술 옮김. 인다, 2020.

Benjamin, Walter. "Aufgabe des Übersetzers." *Gesammelte Schriften*, Bd. IV/1. Suhrkamp, 1972, 9–21.

Bertaux, Pierre. *Hölderlin, Essai de biographie intérieure*. Hachette, 1936.

Celan, Paul. *Die Gedichte*. Suhrkamp, 2018.

Hellingrath, Norbert von. *Hölderlin: Zwei Vorträge*. Hugo Bruckmann, 1922.

Henrich, Dieter. "Hegel und Hölderlin." *Hegel im Kontext*. Suhrkamp, 2010, 9–40.

Jakobson, Roman und Grete Lübbe-Grothues. "Ein Blick auf *Die Aussicht* von Hölderlin." *Hölderlin. Klee. Brecht*. Suhrkamp, 1976, 27–96.

Larmore, Charles. "Hölderlin and Novalis." *Cambridge Companion to German Idealism*. Cambridge University Press, 2006, 141-160.

Kreuzer, Johann (Hg.). *Hölderlin-Handbuch*. Metzler, 2002.

＿＿＿. "Einleitung." Friedrich Hölderlin. *Theoretische Schriften*. Meiner, 1998.

Lübbe-Grothues, Grete. "Grammatik und Idee in den Scardanelli-Gedichten Hölderlins." *Philosophisches Jahrbuch* 90 (1983): 83–109.

Ott, Karl-Heinz. "Der Weg ins Schlicht und ins Schweigen." Friedrich Hölderlin. *Gedicht aus dem Turm*. Hanser, 2020, 53–62.

Wittgenstein, Ludwig. Wittgenstein Source. http://wittgensteinsource.org.